新堂冬樹

#刑事の娘は何してる？

中央公論新社

#刑事の娘は何してる?

1

代官山《だいかんやま》のデザイナーズマンションの周囲にたむろする野次馬を掻《か》き分け、神谷《かみや》はバリケードテープの前で警備する制服警官に歩み寄った。

野次馬の中には事件を嗅ぎつけたワイドショーのレポーターや新聞記者が紛れていた。

「あ！　コルレオーネ刑事《デカ》がきたぞ！」

記者の一人が神谷を認めると、一斉にフラッシュが焚《た》かれた。

「また、『粗大ごみ連続殺人事件』ですか⁉」

「今回の殺人事件も連続殺人犯の仕業ですか⁉」

「同一犯なら四件目ですよね⁉　前回の事件から、まだひと月も経っていませんが、犯人の手がかりはまったく摑《つか》めていないんですか⁉」

レポーターと記者がマイクやICレコーダーを競うように差し出してきた。

制服警官が神谷を見て身構えた。

「こんなに有名な警部補を不審者だと思うとは、お前は新人だな？」

神谷は報道陣の質問を無視して、制服警官に言いながら警察手帳を見せた。

「お、お疲れ様です！」

制服警官が戸惑いながら敬礼した。

彼の視線は神谷の頭部に注がれていた。

「俺の顔を覚えろよ。次に手帳を出させたら金玉握り潰すからな」

神谷は制服警官の股間を摑みバリケードテープを潜《くぐ》ると、マンションのエントランスに向かった。

二ヵ月間に三件起きた連続殺人事件は、マンションやビルのごみ置き場に死体が遺棄され、「有料粗大ごみ処理券」が貼ってあるという共通点があった。

犯人が下調べをしているのだろう、死体が遺棄されたごみ置き場は防犯カメラが設置されていないところばかりが選ばれていた。

「被害者が続出しているのにダンマリを決め込むつもりですか⁉」

背中を追ってくる質問に、神谷は足を止め振り返った。

「てめえらクソバエが事件現場まで押しかけて、あることないこと派手に報道しやがるから、ホシが有名人気取りになって遺体が増えるんだろうが！」

神谷は報道陣に罵声を浴びせた。

「クソバエって……あんた、それが国民を守る刑事の言葉か！」

新聞社の男性記者が気色《けしき》ばみ、対照的にワイドショーの女性レポーターはいいネタになるとばかりにほくそ笑んだ。

「国民を守るためにクソバエを追い払うんだよ！　てめえらがやってることはな、言論の自由を盾にした情報漏洩《ろうえい》とホシへの扇動行為だ！　ホシは毎日面白おかしく報じられる『粗大ごみ連続殺人事件』のワイドショーや記事から情報収集しながら行動してるのがわからねえのか！　つまりてめえらは、無意識のうちにホシの共犯者になっちまってるんだよ！」

神谷は一方的に速射砲のような暴言を浴びせると、踵《きびす》を返し木製の自動ドアを通り抜け裏口に向かった。

裏口のドアは開きっ放しになっており、手前にバリケードテープが貼ってあった。

「裏口にまで聞こえてきたぞ。マスコミに喧嘩《けんか》売った翌日に、マフィア刑事が暴言を吐く、って何度も叩《たた》かれてるんだから学習しろよ」

バリケードテープ越し——特大の綿帽子の耳かきのような検出刷毛《はけ》で、裏口のドアノブの指紋を採取していた小太りの鑑識官、宝田《たからだ》が振り返り眉をひそめた。

宝田の背後には四人の鑑識官が、現場の写真を撮影し、地面を這いずりピンセットで体毛を採取し、足跡痕を採取し、遺体の隅々まで観察していた。

宝田は神谷の警察学校時代の同期だった。

互いに刑事課の強行犯係と鑑識係に配属となるまでは、同じ地域の交番に勤務していたこともある。

喜怒哀楽が激しく直情的な神谷と冷静沈着な宝田は正反対のタイプだったが、昔から不思議とウマが合った。

「学習しているから、暴言を吐いてやってるんだ。あのクソバエどもは、おとなしくしてればどんどんつけあがるから、誰かがガツンと言わなきゃならねえんだよ」

「お前の口の悪さ、なんとかならないか？　それからいい加減、マフィアみたいだからやめたほうがいいぞ」

宝田が検出刷毛で、神谷が被《かぶ》った黒のボルサリーノハットを指した。

神谷は帽子に合わせて、黒のダブルスーツと黒のワイシャツでコーディネートしていた。同じ黒色の帽子とスーツを五セット揃《そろ》えており、現場ではいつも同じファッションで通している。

独特なファッションに、いつしか神谷はマスコミからコルレオーネ刑事と呼ばれるようになった。

偶然にも神谷は、彫りの深いバタ臭い顔をしているせいか若い頃からイタリア人のハーフとよく間違われていた。

「極悪犯を征伐するときの俺の戦闘服だ」

「どうせコスプレするなら、せめて保安官の格好をしろよ」

冗談とも本気ともつかない口調で宝田が言った。

「ふざけんな。コスプレじゃねえぞ。それに俺は、司法を正義の味方なんて思っちゃいない。目には目を、歯には歯を、悪党には悪党をだ」

本音だった。

神谷が相手にするのはほとんどが殺人犯……人殺しだ。

殺人に情状酌量もへったくれもない。

どんな事情があっても、人を殺していいという理由にはならない。

だが、法治国家という正義は殺人犯をランク分けする。

「心神喪失云々《うんぬん》で責任能力がないから無罪はおかしい。そもそも人を殺すこと自体が心の病だから。計画的殺人なら罪が重くて衝動的殺人なら罪が軽くなるのはおかしい。どっちも人殺しに変わりはないのだから。一人を殺して死刑にならず、二人なら死刑の確率が五十パーセントで、三人殺して死刑が確実になるのはおかしい。一人の命も三人の命も重さは同じ……だろ？」

宝田が呆《あき》れた顔で神谷に言った。

「わかってるじゃねえか。俺は警視総監も検事も判事も信用してねえ。犯した罪にたいして相応の罰を与えることが、刑事としての使命だと思ってる」

「使命はいいが、お前が檻《おり》の中に入るようなことだけはするなよ。昔から損得考えないで、とんでもないことをやるところがあるからな」

「安心しろ。法を犯すまねはしねえよ」

神谷は言いながら、バリケードテープを跨《また》ごうとした。

「履き替えろ！　ゲソ痕を消すつもりか？」

宝田が大声で言いながら、バリケードテープの外側に複数用意してあるスリッパを指した。

ゲソ痕とは、犯人の残した足跡のことを指す警察用語だ。

屋外での現場検証の際には、捜査関係者の足跡で犯人の足跡を消さないように底にカバーがつけてあるスリッパに履き替える必要があった。

「はいはい、わかりましたよ」

神谷は面倒臭そうに言いながらスリッパに履き替え、バリケードテープを跨ぐと被害者の遺体の前に屈み眼を閉じ合掌した。

「今度のホトケさんは、また指だ」

神谷の隣に屈んだ宝田が言った。

遺体はシンプルな長袖シャツにデニムといったラフな服装だったが、ハイブランドの高価なものだった。

「中城敦也《なかじょうあつや》二十七歳。大学生時代に友人と立ち上げたネットショッピングサイトのカリスマオーナーだ。世界中から仕入れたビンテージものの古着販売で急速に業績を伸ばし、僅か五年で年商十数億の優良企業の仲間入りを果たした。最近では暗号通貨の取り引きに手を広げ、物凄《ものすご》い勢いで資産を増やしていたらしい。インスタグラムのフォロワーは百万人を超え、十代と二十代の若者から絶大な支持を受けていた。会社は家賃四百万の六本木のタワーマンションで、自宅は青山のデザイナーズマンションで家賃は八十万を超えている。若くして誰もが羨む勝ち組なのに、こんな姿になってしまうとはな」

宝田が悲痛な声で言った。

遺体の両手の十指は根元から切り落とされていた。

「粗大ごみ連続殺人事件」の過去三件に共通しているのは、別の場所で殺害された遺体が防犯カメラのないごみ置き場に遺棄されていること、遺体の額に役所が発行している「有料粗大ごみ処理券」が貼ってあること、そして、身体の一部が切り取られているということだ。

一人目の被害者のワイドショーのコメンテーターを務めていたIT社長は唇を削ぎ落とされ、二人目の被害者のライターは十指を切断され、三人目の情報番組のMCは一人目と同じ唇を削ぎ落とされ、今回の四人目の被害者……若者のカリスマ青年実業家は二人目のライターと同じ十指を切断されていた。

「指以外に外傷はないようだが、今回も同じ手口か？」

神谷は遺体の全身に隈《くま》なく視線を這わせながら訊《たず》ねた。

三人の被害者……清瀬歩《きよせあゆむ》、沢木徹《さわきとおる》、石井信助《いしいしんすけ》は、飲料に混入された硫酸タリウムで殺害されていた。

「検視解剖してみないとわからないが、その可能性は高いだろうな」

宝田が言った。

「毒が入っている飲料を飲ませられるくらいだから、ホシと被害者はある程度は親しい間柄のはずだ」

神谷は独《ひと》り言《ご》ちた。

「まあ、普通に考えればそうだろうな。被害者四人と共通の知人であり、四人に恨みを持っている人物ということになるかな」

宝田が神谷の独り言に乗った。

「でも、恨みがあるからって知り合いを次々に殺すか？　逆を言えば、殺したいほど恨んでる知り合いが四人もいるほうがおかしいだろ？」

神谷は疑問を口にした。

「だけど、殺害方法から察すると同一犯なのは間違いないだろう。それとも、模倣犯の線を考えているのか？」

宝田が訊ねてきた。

「いや、同一犯だ。これまで四人に貼られた粗大ごみの処理券は、額の生え際と眉上の中間に貼られている。マスコミは遺体の顔に『有料粗大ごみ処理券』が貼られたと報じているだけだ。模倣犯なら鼻の上あたりに貼るだけで、まったく同じ位置に貼る偶然の確率は相当に低い」

神谷は遺体の額を凝視しながら言った。

「確率の低い偶然かもな。額は貼りやすそうだし」

宝田がやんわりと反論した。

「とも言える。物事に絶対はない。粗大ごみの処理券だけなら偶然はあり得る。今回の被害者の中城さんと同じように、二人目の沢木さんも十指を切断されていた」

「もちろん、知ってるさ」

「なら、沢木さんの十指の切断面はどうなっていた？」

神谷は宝田に質問した。

「十指とも切断面が……」

宝田が言いかけて、なにかを思い出したように言葉を切った。

「そう、沢木さんの十指の切断面は焼かれていた。遺体を運ぶときに血痕を残さないように止血するためだ。中城さんの十指の切断面も焼かれている。警察はマスコミに十指の切断面が焼かれていたことを話していない。沢木さんの遺体が発見されたときにマスコミが報じたのは、十指が切断されていたことだけだ。さすがに二つも奇跡的な偶然は重ならないだろう」

「たしかに、そうだな」

宝田が納得したように頷《うなず》いた。

「ただ、動機がわからねえ。なぜこの四人を殺さなければならなかったのか、なぜ指や唇を切り落とさなければならなかったのか、単独犯か複数犯か……くそっ。人をおちょくりやがって！」

神谷は吐き捨てた。

「四件の現場に残されたゲソ痕は、俺らと同じようにカバーをつけた履物が一人ぶんだ。複数犯だとしても、少なくとも遺棄現場に足を踏み入れているのは一人だけだ」

宝田が言った。

「単独犯にしても複数犯にしても、実行犯は猟奇性のある変態に違いねえ。じゃないと、唇を削いだり指を切り落としたりしねえだろう」

「それだけ被害者にたいしての恨みが強かったとも言えるがな」

ふたたび、宝田がやんわりと反論した。

腹立ちはなかった。

むしろ宝田は歓迎すべき存在だった。

冤罪《えんざい》を生み出さないために、捜査には違う角度から物を見る相手が必要だ。

「遺体をわざわざ別の場所に遺棄するホシは、愉快犯の可能性が大だな」

宝田が独り言ちた。

「そんなかわいいもんじゃねえだろう。ホシは俺らやクソバエどもを使って、てめえらの力をみせつけてやがるのさ」

神谷は遺体の切断された十指の根元を凝視しながら吐き捨てた。

「てめえらの力って？」

宝田が訝《いぶか》しげな顔を向けてきた。

「さあな。ただ、一つだけ言えるのは、このふざけた連続殺人事件にはホシなりのメッセージってやつがあるんだろうよ。好き放題やりやがって……」

神谷は奥歯を嚙《か》み締めた。

「今度は、杉並《すぎなみ》区の高山《たかやま》って人の出した粗大ごみから剝《は》がしてきたようだな」

宝田が言った。

これまでの三人同様に、額に貼られた「有料粗大ごみ処理券」は新品ではなかった。

「有料粗大ごみ処理券」には発行している区が印刷してあり、購入者の名前が書いてあった。役所やコンビニで購入すると防犯カメラに映像が残るので、犯人は出された粗大ごみから処理券を剝がしているのだ。

「どうせ防犯カメラがないところから引っ剝がしてきてるんだろう。こざかしい野郎だ」

ふたたび神谷は吐き捨てた。

これまでの三件の事件に使用された「有料粗大ごみ処理券」の購入者に事情聴取を行ったが、いずれも犯人とは無関係だった。

そして死体を遺棄するごみ捨て場も防犯カメラのない場所を選んでいるので、犯人の姿を確認することはできなかった。

「あ、そうだ。科捜から返事きたか?」

神谷は思い出したように宝田に訊ねた。

徹底して防犯カメラを避けていた「粗大ごみ連続殺人事件」の犯人も手がかりは残していた。

犯人が遺体を運んできたと思しき車の映像が、過去三件の遺棄現場周辺の防犯カメラに映っていたのだ。

白のハイエース、黒のオデッセイ、シルバーのエルグランド……三台の車は盗難車で、それぞれの遺棄現場から一キロ以内の場所に乗り捨てられていた。

三件目の事件……情報番組のMCの遺体を運んだ車から採取した指紋、足跡痕、体液、体毛、皮膚、爪を、鑑識係から科学捜査研究所に鑑定に回していた結果が出る頃だった。

その前の二件の事件……ワイドショーのコメンテーターを務めていたIT社長とフリーライターの遺体を運んだ車からは、犯人の手がかりになる痕跡はみつからなかった。

「残念ながら、今回も盗まれた車の所有者と被害者の痕跡ばかりだったよ」

宝田が渋面を作りながら言った。

「くそったれ！」

神谷は太腿《ふともも》を拳《こぶし》で叩いた。

盗難車から手がかりが出なければ、捜査状況はかなり厳しいものとなる。

家族、恋人、愛人、友人、仕事関係者……これまでの捜査で、被害者達の周辺を徹底的に洗ったが匂う人物は一人もいなかった。

被害者の自宅周辺の住民や仕事関係者数百人以上に聞き込みを行ったが、手がかりは皆無だった。

快く思っていない人間はいたかもしれないが、少なくとも殺害した上に唇を削ぎ落とし十指を切り落とすほど恨んでいる者はいそうにもなかった。

被害者達がそれぞれ使用していたパソコンからも、犯人に繋《つな》がる怪しいメールのやり取りや通話履歴は見当たらなかった。

「戻りました！」

濃紺のスーツにツーブロックの七三——捜査一課に配属されたばかりの三田村《みたむら》が、バリケードテープを跨ぎながら入ってきた。神谷とコンビを組める所轄の刑事はいなかった。

「遅かったな。なにか摑めたのか？」

神谷は訊ねた。

三田村には三人目の被害者……石井信助の妻への聞き込みを指示していた。

「はい！　激熱のネタを仕入れました！」

三田村が得意げな顔で胸を叩いた。

「馬鹿野郎！　ワイドショーのネタみたいに言うんじゃねえ！」

神谷は三田村の頭をはたいた。

「髪型が崩れるじゃないっすか……」

三田村が唇を尖《とが》らせながら、乱れた自慢の七三を整えた。

「髪型だと！　ふざけ……」

ふたたび腕を振り上げた神谷の手首を、宝田が摑んだ。

「毛髪や頭皮が飛ぶからやめろ」

「怒られた～」

三田村が茶化すように言った。

「テープの外に出たら治外法権だからな」

神谷は舌打ちをして、三田村を睨《にら》みつけた。

「や、やだな……冗談ですよ。それより、面白い情報を仕入れてきました！」

三田村は話を逸《そ》らすように大声で言った。

「なんだ？」

「ここじゃ、ちょっと……」

三田村が言い淀んだ。

「なんだ？　俺には聞かせたくないことか？」

宝田が三田村を睨んだ。

「いえ、そういうわけじゃ……ホトケさんの前では話しづらいことなので、あとから神谷さんに聞いてください」

三田村は宝田に言い残し、バリケードテープを越えた。

「なんだよ、もったいつけやがって。たいした情報じゃなかったら、自慢の半グレ七三をバリカンで刈ってやるからな！」

三田村のあとに続きながら、神谷は毒づいた。

マンションの建物内に入った三田村は、足を止めて神谷と向き合った。

「じゃあ、たいしたネタだったらそのマフィア帽子を捨てても……痛《い》てっ」

神谷は拳骨《げんこつ》を三田村の頭に落とした。

「生意気を言ってねえで、さっさと報告しろ！」

「いつか傷害罪で訴えて……」

「一発じゃ足りないか？」

ふたたび神谷は拳を振り上げた。

「わかりました、わかりましたよ！　今日になってやっと奥さんが話してくれたんですが、石井さんは出会い系アプリにずっぽりと嵌《はま》っていたようです」

「出会い系アプリってなんだ？」

神谷は鸚鵡《おうむ》返しに訊ねた。

「出会い系アプリも知らないんですか？　個人情報を登録して交際相手を探すアプリのことっすよ」

「インターネットで恋人を探すのか？　直接会わなきゃ、どんな相手かわからないだろう？」

神谷は率直な疑問を口にした。

「インターネットって……まったく、神谷さんの頭は昭和で止まってるんですか？　写真やメールをやり取りしながら、フィーリングが合えば顔合わせをするって流れですよ」

三田村が呆れたように言った。

「通信販売じゃあるまいし、インターネットで交際相手を探すなんて……」

「いまはそういう時代なんです！」

三田村が神谷を遮《さえぎ》り言った。

「石井さんが登録していたのは、男性会員はセフレ探し、女性会員は援助交際やパパ活が目的の出会い系アプリです」

「は？　交際相手を探すアプリじゃないのか⁉」

神谷が素頓狂《すっとんきょう》な声を上げた。

「いいですか？　僕がレクチャーしてあげますからよく聞いてください。結婚を前提にした交際相手を探すアプリ、純粋に恋人を探すアプリ、セフレやお金目的のアプリ……マッチングアプリは大別すると三通りがあります。でもって石井さんは若い子に目がなくて、とくにギャル好きでアプリで女漁《あさ》りをしていたそうです。奥さんは石井さんの女癖の悪さに、相当悩まされてきたみたいですね」

「旦那が殺されて一ヵ月も経《た》ってねえのに、よくそんな話を引き出せたな」

神谷が言うと、三田村が得意げに自分の右の前腕を叩いた。

神谷は舌を鳴らし、三田村を睨《ね》めつけた。

「じょ……冗談ですから、そんなに怖い顔しないでくださいよ。マジな話をすると、夫婦仲は冷え切っていたようです。過去にも二十歳のギャルと、写真週刊誌に不倫スキャンダルを報じられたことがあります。しばらくはおとなしくしていましたが、出会い系アプリを知ってからは盛りのついた猫のように女と顔合わせをしていたようです。これ、奥さんが旦那の浮気の証拠を押さえるために自分のスマホに転送したものです」

三田村がスマートフォンを差し出してきた。

ディスプレイには、童顔の美少女の写真が表示されていた。

「誰だ？　この娘は？」

神谷は怪訝《けげん》な顔で訊ねた。

「とりあえず読んでください」

三田村に促され、神谷は視線をディスプレイに戻した。

つむぎ
20歳　東京都渋谷区

自己紹介

都内の大学に通っています。

将来通訳になるためにイギリスに留学を考えています。

私の夢を応援してくださる、心が広く余裕のある紳士的な方を探しています。

一人の方と長くいいおつき合いができることを望んでいます。

お茶やお食事をしながらお互いのことを知り、フィーリングが合えば大人も考えています。

私を気になった方は、メッセージお待ちしています。

詳細情報

外見
身長　163センチ
スタイル　ナイスバディ

職種　学歴
大学生

性格　その他
性格　穏やか
お酒　嗜《たしな》む程度
暇な時間　土日の夕方
同居人　一人暮らし

希望する男性のタイプ
年齢　40代〜70代
スタイル　気にしない

煙草　吸わない人がいい

「なんだ、これは？」

神谷は三田村に顔を向けた。

「登録している女性会員のプロフィールです」

「この娘は、イギリス留学の応援をしてくれる人を募集しているのか？」

「建前はそうです」

すかさず三田村が言った。

「建前？」

「はい。理由なんてなんでもいいんです。彼女達は自分にお金を出してくれるスポンサーを探しているのですから」

「スポンサー？　イギリス留学には数百万はかかるだろう？　お茶や食事だけでそんな大金を払う馬鹿はいねえだろうが？」

神谷は呆れた表情で言った。

「ちゃんと読んでください。フィーリングが合えば大人も考えていますって、書いてあるじゃないですか」

「大人ってなんだ？」

「やっぱり知らなかったんですね。大人は援助交際やパパ活の隠語でセックスのことです」

「はぁ⁉　セックス⁉　顔も知らない奴らや犯罪者が見てるかもしれないアプリのプロフィールに、そんなことを書くのか⁉　この娘は二十歳の大学生だろう⁉」

神谷は驚きの声を上げた。

「そんなに驚くことじゃないっすよ。このアプリには、十八の女の子も登録してますから」

「十八だと⁉　ウチの娘と一つしか変わらないじゃねえか⁉」

「神谷さんの娘さん、高二でしたっけ？　気をつけたほうがいいっすよ。最近じゃ、女子中高生もパパ活をあたりまえに……」

「てめえっ！　それ以上一言でも喋《しゃべ》ったら、口の中に手を突っ込んで舌を引っこ抜いてやるからな！」

神谷は三田村の襟首を摑み引き寄せると、鬼の形相で怒声を浴びせた。

「す、すみません！　神谷さんの娘さんがパパ活をやってるって意味じゃないっすから……」

「あたりめえだろうが！　ウチの娘がそんな不純な行為に手を染めるわけねえだろ！　てめえはウチの天使を売春婦扱いしようってのか！」

神谷は襟首を摑んだ両腕を激しく前後に動かした。

「い……石井さん……と女の大事な……メッセージを……見なくても……いいんすか……」

三田村の切れ切れの言葉に、神谷は腕の動きを止めた。

「馬鹿野郎！　早く見せろ！」

神谷は三田村の襟首から手を離し怒鳴りつけた。

「見せようとしてたのに……勝手な人だな……」

喉を擦《さす》りながら、三田村が小声で文句を言った。

「これが石井さんとつむぎって子のメッセージのやり取りです」

三田村がスマートフォンを差し出してきた。

はじめまして！　石井と申します。

都内でテレビ関連の仕事をしています。

つむぎさんのお写真とプロフを拝見しました。

とてもかわいいですね。

大人の条件を教えてください。

はじめまして(#^.^#)
ありがとうございます(*´▽`)
加工はしていないので容姿でガッカリさせることはないと思います。
ホ別ゴム有3
よろしくお願いします。
いつ頃にしますか？

「これは、石井さんが送ったメールなのか？」

信じられないと言った表情で、神谷は訊ねた。

「そうです。四十五歳の既婚者が二十歳の女子大生を誘うメッセージっす」

三田村が茶化すような口調で言った。

「死人を悪くは言いたくねえが、娘みたいな女の子にこんなメールを送るなんてとんでもねえ野郎だ。四十七の俺と娘の年の差と変わらないじゃねえか？　ところで、ホ別ゴム有3ってなんの暗号だ？」

神谷が訊ねると、三田村がため息を吐《つ》いた。

「ホテル代は別で、コンドームをつけてのセックスという条件で三万円ということです」

「なっ……そんなこと、素性もわからない男に送ってるのか⁉　それに、自分の父親くらいの男だぞ⁉　何度も会ってる顔見知りならわからんでもないが、二十歳の娘が見ず知らずの四十五歳の男に、三万で身体を売るなんておかしいだろうが⁉　おいっ、どうなんだよ⁉」

神谷は三田村の胸倉を摑んだ。

「ちょっと……僕が援助交際したわけじゃないっすから……苦しい……は、離して……」

神谷は舌を鳴らし、三田村の襟首から手を離した。

「この女子大生と石井さんが会ったのはいつだ？」

「事件の前日です」

「前日⁉　女子大生に会った翌日に石井さんは殺されたのか⁉」

神谷は大声を張り上げた。

「そういうことになりますね」

「行くぞ」

神谷は三田村を促し、エントランスに向かった。

「どこに行くんですか？」

「つむぎって女子大生のところだよ」

「俺、住所わからないっすよ」

「なんで知らねえんだよ！」

神谷は足を止め、三田村に詰め寄った。

「男性会員と違って女性会員は身分証明書を出さなくていいので、ほとんどがでたらめの名前や住所を書いてるんですよ。このつむぎって名前も住所が渋谷っていうのも、でたらめだと思います」

「だったら大元に乗り込むぞ」

「運営のことですか？　待ってください。いまホームを探しますから」

「運営だかなんだか知らねえが、クソみてえな淫《みだ》らなアプリを作った奴のところだよ！　早く探せ！　早く！」

神谷は激しく三田村を急《せ》かした。

「そんなに急かさないでくださ……あ！　ありました。電話番号と住所が載ってます。いま、電話をかけて……」

「貸せ」

神谷はスマートフォンを三田村から奪い取り、速足でエントランスから外に出た。

「ちょっと、どこに行くんですか？」

「電話なんてまどろっこしい！　運営とかいうところに乗り込むんだよ！　クソバエども、どけどけどけ！」

神谷は振り返らず言い残すとエントランスを飛び出し、獲物に群がるハイエナの如き報道陣の群れに突っ込んだ。

2

「あ〜、早く来週にならないかな。テストが終わったら、『スイーツギャング』に行こうよ。一杯頑張った自分へのご褒美に、ケーキを食べまくろうっと」

渋谷の「スターバックス」で日本史Bの試験勉強をしながら、朝陽《あさひ》は楓《かえで》に言った。

「うん……」

「やっぱり、モチベーションを高めないとね。マリトッツォもいいし、カヌレもいいし……ねえ、楓はなにがいい？」

朝陽は教科書にマーカーを引きながら、楓に訊ねた。

「うん……」

「どうしたの？　さっきからうんばっかり……」

教科書から顔を上げた朝陽の視線の先――楓がスマートフォンを操作しながらニヤついていた。

「ねえ、なに見てるの？」

朝陽が訊ねると、悪戯《いたずら》っぽい顔で楓がスマートフォンを差し出してきた。

「なに？」

朝陽は楓のスマートフォンに視線を落とした。

黒髪のショートヘア、切れ長の眼……ディスプレイに表示されている写真は、加工されて雰囲気は違うがマスクをつけている楓だった。

写真の右下には、「ラブ&ピース」と文字が入っていた。

「どう？　盛れてるでしょ？」

楓が身を乗り出した。

「なにこれ？」

朝陽の質問に答えず、楓が画像をスクロールした。

ミミ
18歳　東京都世田谷区

自己紹介

医療関係の専門学生です。

素敵な方と出会うために登録しました。

私はファザコンで同年代や若い方は苦手なので、年上の方との出会いを希望します。

お茶やお食事をしながら、私の知らない世界についていろいろ教えてください。

詳細情報

外見
身長　165センチ
スタイル　スレンダー

職種　学歴
専門学生

性格　その他
性格　明るい
お酒　飲まない
暇な時間　平日の夕方
同居人　両親

希望する男性のタイプ
年齢　30代～50代

「ちょっと……なによこれ⁉　楓、まさか出会い系アプリに登録したの⁉」

朝陽は弾《はじ》かれたように、スマートフォンから顔を上げた。

「うん」

楓が無邪気な笑みを浮かべ頷いた。

「うんじゃないわよ！　こんなの親や学校にバレたらどうするつもり⁉」

「大丈夫だって。加工してるしマスクもつけてるし、名前も年も全部でたらめだから。男性会員は登録するのに身分証とかが必要だけど、女性会員は必要ないの」

楓が悪びれたふうもなく言った。

「そういう問題じゃないでしょう⁉　これは援助……」

楓が朝陽の唇を人差し指で押さえた。

「朝陽の大声のほうが、バレちゃうよ」

楓が声を潜めた。

「楓、援助交際なんて……いったい、どういうつもり？」

朝陽は声のボリュームを下げて楓を問い詰めた。

「そんなことするわけないし、するつもりなら刑事の娘にこんなもの見せないって」

楓が笑いながら言った。

「じゃあ、どうしてこんなアプリに登録したのよ？　それに、希望するタイプの三十代から五十代ってなんなの？　援助交際じゃないなら、自分のパパと同じくらいの男の人と二人きりで会う目的はなによ？」

朝陽は楓に顔を近づけ、矢継ぎ早に質問を浴びせた。

「待って待って。もう、刑事みたいに問い詰めないでよ。最近、朝陽パパに似てきたんじゃないの？」

楓がうんざりした顔で言った。

「親友が援助交際しようとしてるんだから、問い詰めるのはあたりまえでしょ」

「だから、援助交際じゃないって。ほら、私と男性会員のメッセージのやり取り見たらわかるから」

薄い頭頂、八の字眉、生白い下膨れ顔、毛穴の開いた団子鼻――楓が中年男性のプロフィール画像を朝陽に見せた。

「こいつアッくんっておっさんだけどさ……っていうか、五十過ぎのおっさんがアッくんなんてニックネームをつけるのキモくない？」

楓が顔を顰《しか》めながら、メールのアイコンをタップした。

「超キモいから読んで」


はじめまして！　都内で不動産会社を経営しているアッくんです。

ミミちゃんが、あまりにもかわい過ぎてメッセージしました。

まだ10代なのに、こんなアプリに登録して大丈夫ですか？

まあ、僕には好都合ですけどね。

ホテル代別、ゴム有で大人３万でどうですか？

電マ、お掃除フェラはＯＫですか？

あと、アナルＯＫなら別途５０００円払います。

ご連絡お待ちしています。


アッくんさん、すみません。

大人はやっていません。


ご連絡ありがとうございます。

わかりました。

アナルは諦《あきら》めます。

ノーマルの大人で大丈夫です。

いつお会いしますか？


大人はやっていません。

連絡は最後にしてください。


「大人ってなに？」

メッセージを読み終わった朝陽は、嫌悪に歪《ゆが》んだ顔を楓に向けた。

「大人も知らないの？　エッチのことだよ。それより、私が援交してないってこれでわかった？」

「じゃあ、なんのためにこんなアプリに登録してるの？　みんな、楓とその……大人とかいうの目的で連絡してくるんでしょう？」

「八割はね。あとの二割の中で、私が今度会う約束している人」

言いながら、楓が別の男性とのメッセージをディスプレイに表示した。

「あとの二割って？」

「とりあえず読んで」

楓に促され、朝陽はメッセージの文字を視線で追った。


三宅さん、ご連絡ありがとうございます。

最初に言っておきますけど、私は大人はしません。

お茶1　食事2　で楽しく過ごせる方を探してます。

それでもよければ、お会いできるスケジュールをください。


返信ありがとうございます！

はい。お茶やお食事だけで十分です。

私の職場は老人ばかりなので、若い女性との出会いは皆無です。

ミミさんみたいな美少女とお食事できるだけで大満足です。

是非、顔合わせお願いします。


「お金はあるけど若い子との出会いがない。お茶やご飯に一、二時間つき合うだけでお金をくれる人。そういう人達をお茶パパ、飯パパと呼ぶの。都合のいい男でしょ？」

楓がケタケタと笑った。

「だめ！　そんな人に、絶対に会っちゃだめ！」

朝陽は思わず大声を出していた。

「なんでよ？　ご飯をつき合うだけで二万も貰えるんだよ？　こんな割のいいバイトないから」

楓があっけらかんと言った。

「楓、正気なの？　メッセージではそう書いてても、会ったら怖い人かもしれないでしょ？」

「大丈夫、大丈夫。ほら、こいつだから」

楓がスマートフォンを朝陽の顔前に突きつけた。

ディスプレイには、ザンギリ頭に白縁眼鏡の男性のプロフィール写真が表示されていた。

「この人が三宅さんって人？」

朝陽は訊ねた。

「そう。金持ちの馬鹿息子みたいに若く見えるけど、四十五のおっさんだから。女にモテそうもない顔してるよね。だから、現役の美少女ＪＫの私が人助けだと思ってご飯につき合ってあげるのよ。こんな素晴らしいボランティアに、なんで反対するの？」

楓が腹を抱えて笑った。

「なにかあったら、楓パパにも迷惑がかかるんだよ？　楓パパはテレビに出てる有名人だから……」

「心配ないって。これで最後にするから」

楓が朝陽を遮り言った。

「だったら、いますぐにやめなよ。お小遣いがほしいなら、お金持ちなんだから楓パパに貰《もら》えばいいじゃない」

「やだよ。お小遣いあげる代わりに門限は七時にすること、お小遣いあげる代わりに次のテストで学年五十位以内に入ること……パパは必ず条件をつけるから絶対にやだ。家では面白いことなんて一つも言わない堅物で、仕事も減っていらいらしているし」

楓がため息を吐いた。

楓の父親は有名な芸人で、かつてはテレビで観ない日はないくらいの売れっ子だった。

十年前に老人にたいする毒舌ネタでブレイクした。

ネタにするターゲットは、老害と呼ばれる政治家、スポーツ界の大物ＯＢ、芸能界の大御所などが多かった。

「だからって、こんなことしちゃだめ……」

「ごめん！　もう行かなきゃ」

突然、楓が席を立った。

「どこに行くの？」

「三宅さんとご飯！」

言いながら、楓がダッシュした。

「あっ……楓！　待って！」

朝陽の声を無視して、楓が店を飛び出した。

「もう、楓ったら……」

朝陽は胸奥で蠢《うごめ》く不安から意識を逸らし、教科書に視線を落とした。

3

「出会い系アプリってやつは、儲《もう》かるんだな」

神谷が高層マンションを見上げながら言った。

南青山のマンションの十六階に、「トキメキ倶楽部」の運営会社である「ミライコーポレーション」の事務所は入っていた。

「儲かるでしょうね。有料の男性会員の登録数は十万人を超えていますから」

「こんな阿漕《あこぎ》な会社、ヤクザか半グレの資金源に決まってる」

神谷は吐き捨てた。

「神谷さん、それは偏見だし昭和の考えっすよ。半グレはまだしも、いまの時代ヤクザとかかわるとデメリットしかないですからね」

三田村が呆れたように言った。

「じゃあ、半グレがやってるんだろう。あいつら、六本木や西麻布《にしあざぶ》のキャバクラやラウンジを経営して、しこたま儲けているらしいからな。水商売だけじゃなくて、最近じゃＩＴビジネスにも進出しているみたいだしな」

「神谷さんの頭の中は、金儲けイコール反社なんですね」

三田村がため息を吐いた。

「俺の刑事の勘がどれだけ鋭いか、行けばわかるって」

神谷はボルサリーノ帽を脱いでから高層マンションのエントランスに足を踏み入れると、オートロックのタッチパネルとは反対側にあるメイルボックスのスペースに向かった。

管理人室のガラス窓には、清掃中の札が立ててあった。

「どこに行くんですか？　ドアはあっちですよ」

神谷は三田村の問いかけを無視して、メイルボックスに背を預けて眼を閉じた。

「運営に行くんじゃ……」

「シッ」

神谷は唇に人差し指を立て、耳を澄ました。

自動ドアが開閉するモーター音が聞こえた。

「行くぞ」

神谷はメイルボックスのスペースを出た。

住居人らしき若い女性が出てくるのと入れ替わるように、神谷はオートロックのドアを抜けてエレベーターホールに足を向けた。

「こんな怪しい行動しないで、オートロックを開けて貰えば……」

「静かにしろ。警備員に聞こえるじゃねえか」

神谷はエレベーターの前に立つと、ほとんど唇を動かさずに言った。

「別にみつかってもいいじゃないですか？　僕らは刑事っすよ？」

三田村が、怪訝そうな顔を神谷に向けた。

「だからだよ」

神谷はエレベーターに乗り込み、十六階のボタンを押した。

十人前後の男女が、同じエレベーターに乗った。

そのうちの何人かは、首からＩＤカードをぶら下げていた。

「ちゃんと説明してくださいよ。さっきから意味がわからないっすよ」

三田村が焦《じ》れたように訊ねてきた。

神谷は三田村の問いかけに答えず、数字をオレンジ色に染める階数表示のランプを無言で凝視した。

十六階――神谷と三田村はエレベーターを降りた。

一緒に降りた二十代前半と思しき女性が、「ミライコーポレーション」とは違う部屋のドアを開けるのを見届け、神谷は三田村の頭を平手ではたいた。

「な、なんで殴るんすか⁉」

三田村が乱れたオシャレ七三を手櫛《てぐし》で整えながら神谷に抗議した。

「お前も刑事なら、状況を察して頭を使え。オートロックで警察です、なんて馬鹿正直に訊ねたら、疚《やま》しい物を処分したり隠したりする時間を与えるだろうが？　警備員に訪問を告げるのも同じだ。それから、人がうじゃうじゃ乗っているエレベーターで俺が無視するのは、誰の耳があるかわからないからだ。運営の奴らが乗ってたらどうするんだ？　ちっとは、ここを使え！　ここを！」

神谷は早口で捲《まく》し立てながら、こめかみに人差し指を当てた。

「だったら老舗鮨屋《しにせすしや》の頑固な板前みたいに、俺の背中を見て盗め、的な感じじゃなくて事前に説明してくださいよ」

三田村が不満げに言った。

「捜査にマニュアルはねえんだよ。皮膚感覚を磨け、皮膚感覚を!」

神谷は三田村に背を向け、「ミライコーポレーション」の入る1602号室の部屋番号を探した。

「っていうか、もう完全に運営を反社扱いにしてるじゃないですか」

三田村が小さく首を振りながら、神谷のあとに続いた。

「ここか。プレイトがかかってねえな。やっぱり、怪しい会社だ」

神谷は1602号室の前で足を止め、毒づきながらインターホンを押した。

『はい? どちら様でしょう?』

ほどなくすると、スピーカーから若い女性の声が流れてきた。

「警察の者です。少し、お話を聞かせて頂きたいことがあるのですが……」

『どういったお話でしょう?』

女性の声が警戒心に強張《こわば》った。

「現在捜査中の事件の被害者が、貴社が運営する出会い系アプリに登録していまして、そのことで少しお話を聞かせてください」

神谷の言葉に、スピーカーから緊張が伝わってきた。

『少々お待ちください』

「いま頃、慌てて上司に報告してるんでしょうね。会員が犯罪に巻き込まれて殺されたとなったら、商売的に大ダメージですからね」

三田村が声を潜めた。

解錠音に続き、ドアが開いた。

「社長はいま接客中なので、中でお待ちください。土足のままどうぞ」

応対に出てきたのは、二十歳そこそこのゆったりしたニットのサマーセーターを着た女性だった。

「失礼します」

神谷と三田村は、女性スタッフのあとに続いた。

フローリングの床を靴で歩くのは妙な気分だった。

十坪ほどの空間には、イルカ、カバ、カメ、ワニの大きなクッションソファがランダムに置かれていた。

それぞれのクッションソファには、セーターやTシャツ姿のカジュアルな服装をした若者達が、タブレットPCやスマートフォンを手に座っていた。

遊んでいるように見えるが、各々仕事をしているようだ。

男性が二人に女性が二人……四人とも、もしかしたら大学生なのかもしれない。

「こちらでお待ちください」

女性スタッフが神谷と三田村をクジラの長ソファに促し、フロアの奥へと足を向けた。

「あ、ドリンクバーがあるのでお好きな飲み物をどうぞ」

イルカのクッションソファに座っていた青年が、座ったまま声をかけてきた。

不思議と、失礼だと感じなかった。

「お気遣いなく」

神谷は言った。

「ドリンクバーがあるオフィスというのは斬新《ざんしん》ですね」

三田村がフロアに視線を巡らせながら言った。

奇抜なソファやドリンクバーのほかにも、ピンボールゲーム、ビリヤード台、ダーツ盤などがあった。

「会社っていうよりも、遊戯場みたいだな」

「ところで、どこが反社の巣窟《そうくつ》なんですか?」

三田村が茶化すように言った。

「見た目で判断するんじゃねえ。詐欺《さぎ》師が詐欺師に見えねえのと同じで、外見じゃわからねえよ」

「はいはい、わかりました。最近のベンチャー企業は、こういう革新的なデザインにしているところが多いみたいですよ」

「なにが革新的だ。単なる目立ちたがり屋の趣味だろ」

神谷は鼻で笑った。

「イエスイエスイエース！　ここは目立ちたがり屋の、趣味の世界観なのさ！」

不意に、洋画の日本語吹き替えの声優を真似する物まね芸人のような声が聞こえた。

赤と白のタータンチェックのスリーピーススーツ、同じ柄の蝶ネクタイ、マッシュルームヘア、下膨れのナスビ顔、腹話術の人形さながらのまん丸な眼、赤らみ毛穴の目立つイチゴ鼻——フロアの奥から、四十代と思しき小太りの中年男が弾む足取りで現れた。

「変な奴がきたな」

神谷は呟《つぶや》いた。

「聞こえますよ」

三田村が肘で神谷を小突いてきた。

「そうさ！　僕は変な男さ！　変とは換言すれば、人と違うということだろう？　僕はね～、人と違う発想が大好きなんだよ！　僕、代表取締役のポール。よろしく！」

マッシュルームヘアの男……ポールが気を悪くしたふうもなく、むしろ嬉しそうに言いながら右手を差し出してきた。

「あ、いや……会社の内装やスタッフさんの雰囲気など、昭和男の私には斬新過ぎて、つい失礼なことを口走ってしまいました。悪口のつもりではなかったのですが、申し訳ありません。私、警視庁の者です」

神谷は素直に詫《わ》びながら、ポールに名刺を差し出した。

これから事件に協力して貰わなければならないので、社長の機嫌を損ねたくはなかった。

「謝る必要はないさ。僕は本当に気を悪くなんかしてないから。むしろ、僕にとって変人扱いは誉め言葉だよ。それより、君達、僕の名前が気にならない？」

ポールがワクワクした顔で名刺を差し出してきた。

ミライCo. Ltd
CEO　ポール

「ハーフじゃないですよね？」

神谷は名刺を受け取りながら訊ね返した。

わかりきった質問をしている自分が、馬鹿馬鹿しく思えた。

この男がハーフなら、日本中がハーフだらけになる。

「ザッツラーイト！　よくわかったね！　ポールは芸能人でいうところの芸名さ。ウチのダディがビートルズの大ファンで、僕も影響されて聴くようになったらどっぷり嵌っちゃってさ。芸名はポール・マッカートニーから頂いたってわけ」

ポールが、恥ずかし気もなく言った。

神谷は、隣で噴き出しそうになっている三田村の足の甲を踏みつけた。

本当は神谷も爆笑したいところだが、捜査に協力して貰うために懸命に我慢しているのだ。

「僕はねぇ、従来の常識に囚われたくないんだよ。誰もが思いつかない発想こそ、誰もが成し得たことのない大業を成し遂げる秘訣さ。僕の言う大業とは、企業を上場させることでも莫大な年商を上げることでもないんだ。僕が死んでも、後世に語り継がれるような記憶に残る起業家になるのが夢さ」

赤らんだ小鼻を膨らませ、腫れぼったい一重瞼《ひとえまぶた》を細めて自己陶酔するポールに、今度は神谷の横隔膜が痙攣《けいれん》した。

「あ、そうそう、君達、王子と姫のことで僕に訊《き》きたいことがあるんだって？」

「王子と姫？」

神谷は怪訝な顔で訊ね返した。

「ウチの出会い系アプリ……『トキメキ倶楽部』の男性会員を王子、女性会員を姫と呼んでいるのさ。だって彼らは、マイカンパニーに利益を運んでくれる大切な存在だからさ」

陶酔顔のポールに、三田村が噴き出したのをごまかすように激しく咳《せき》をした。

「はい。先ほど女性の方にも言いましたが、現在捜査中の事件の被害者が、御社が運営する出会い系アプリに登録していたのです。そのことで、少しお話を聞かせてください」

神谷は笑ってしまわないように、頭を仕事モードに切り替えた。

「とりあえず、『玉座の間』に行こう。わかるかい？　ウチでは社長室のことをそう呼んでいるのさ」

ポールが気障《きざ》にウインクし、フロアの奥に足を向けた。

神谷と三田村は、ポールのあとに続いた。

三田村は歯を食い縛り、太腿を抓《つね》っていた。

「どうぞ、好きなところに座って」

「玉座の間」に入ったポールが、金色のハイバックチェアに腰を下ろし神谷と三田村に言った。

神谷は眼を疑った。

ハンモックとブランコがぶら下がっているほかには、椅子らしきものはなかった。

「私達は、立ったままで結構です」

神谷は言った。

「あっはっはっはっは。エンジョイスタイルが、気に入らないようだね。ちょっと待ってくれるかな」

ポールが吹き替え声優のようにわざとらしく笑い、スマートフォンを手に取った。

「ああ、チェルシー。『玉座の間』に椅子を二脚持ってきてくれるかな。よろしく。ウチはスタッフにも芸名をつけているんだよ」

電話を切ったポールが得意げに言った。

ノックの音に続き、チェルシーと呼ばれたレギンスパンツを穿《は》いたショートカットの女性が丸椅子を運んできた。

「普通の椅子があるんですね」

三田村が嫌味っぽく言った。

「刑事さん達みたいに、僕のエンジョイスタイルが合わない人達もいるからね」

嫌味を言われたことにも気づかず、ポールが肩を竦《すく》めた。

神谷と三田村は、丸椅子に腰を下ろした。

「早速ですが石井信助さんというのは、そちらが運営している『トキメキ倶楽部』の会員でしたよね？」

神谷は切り出した。

これ以上、ポールの変わり者ぶった遊びにつき合っている暇はない。

「石井信助さんねぇ……ジャストモーメント」

ポールが下手《へた》な発音の英語を使い、タブレットＰＣを手に取った。

「シンスケイシイ……シンスケイシイ……」

「あの……どうして名前を逆に言うんですか？」

三田村が、悪意に満ちた質問をした。

「ん？　ああ……一時期オーストラリアに留学していたから、ふとしたときに英語の癖が出ちゃうんだよねぇ」

自慢げに嘯《うそぶ》くポールには、三田村のおちょくりなど一切通じていないようだった。

それから五分ほど、ポールは無言でタブレットPCをスクロールしていた。

「いた！　シンスケイシイ。半年前に登録してるね。仕事は……マスコミ関係ってなってるよ。ほら」

ポールがディスプレイを、神谷と三田村に向けた。

「彼です。間違いありません」

神谷は即答した。

「シンスケイシイが、なにか事件を起こしたのかい？」

ポールが口臭タブレットを口に放り込みながら訊ねてきた。

「『粗大ごみ連続殺人事件』をご存じですか？」

神谷は質問を質問で返した。

「もちろんさ。粗大ごみの処理券が死体に貼ってある事件だよね？　まさか……シンスケイシイが犯人⁉」

ポールが素頓狂な声を上げた。

「いいえ、石井さんは被害者です。先月、遺体が発見されました」

「オーマイガーッド！」

ポールが天を仰いだ。

「石井さんの遺体が発見される前日に、つむぎさんという女性会員と会っています」

神谷はつむぎの画像を表示したスマートフォンのディスプレイを、ポールの顔前に向けた。

「なんてこった！　この女性会員がシンスケイシイを殺したっていうのか⁉」

ポールが大声を張り上げた。

「そうではありません。ただ、事件の前日に被害者と会った方なので参考人聴取をお願いしたいと思いまして。つむぎさんの連絡先を教えて頂きたいのですが」

神谷は核心に切り込んだ。

「オーケー！　いいだろう。ただ、個人情報保護法があるから、本人に確認を取ってからになるけど、いいかな？」

ポールがスマートフォンを掲げながら言った。

「はい。では、お願いしてもいいですか？」

「オフコース！」

頬肉を震わせながら親指を立ててウインクするポールに、神谷は心で舌打ちした。

外国人かぶれや奇抜な趣味は本人の勝手だが、殺人事件の捜査とわかってもおかしな英語を織り交ぜるポールの言動に神谷はいら立ちを覚えた。

ポールのとっちゃん坊やのような容貌も、神谷のいら立ちに拍車をかけていた。

ポールがスマートフォンを耳に当てた。

「ハイ！　ツムギ！　僕は『トキメキ倶楽部』の運営の者だけど、メッセージ聴いたらそっちに表示されている番号に連絡を貰えるかな？　頼んだよ。バーイ」

留守番電話にメッセージを残すポールに、三田村があんぐりと口を開けていた。

「社長は、つむぎさんと知り合いなんですか？」

神谷は訊ねた。

「いや。話したこともないよ」

あっけらかんとポールが言った。

「初対面の女性に、あんな感じの電話で大丈夫ですか？」

神谷は遠回しにポールを非難した。

皮肉を言いたいわけではなく、不審に思ったつむぎからコールバックがなければ困るからだ。

「ノープロブレム！　僕は生まれつき人に好印象を与える星のもとに生まれているからさ。あっはっはっはっ」

神谷は、小鼻をヒクヒクさせる三田村の足を踏んだ。

ポールはさわやかに笑っているつもりだろうが、まったく似合っていなかった。

「石井信助さんは、なにかトラブルを抱えていたりしていませんでしたか？　または、誰かに恨まれていたり」

神谷は訊ねた。

男女関係と金銭関係の縺《もつ》れが、殺人事件の動機の大半を占める。

「シンスケイシイのトラブルねぇ。ジャストモーメント。いま、管理部に訊いてみるから」

ポールが言うと、スマートフォンを手にした。

「あ、レイチェル？　ウチの会員でトラブルの話を聞いてないかい？」


よく代表が務まりますね。彼、頭大丈夫ですかね？


三田村が神谷に、メモ機能が表示されたスマートフォンのディスプレイを向けた。

神谷は三田村を睨み、顔をポールに戻した。

「オーケーオーケー。わかった」

ポールが電話を切った。

「なにかわかりましたか？」

すかさず神谷は訊ねた。

「ソーリー。待ち合わせをドタキャンされたとかプロフィール写真と本人が全然違うとか、小さなトラブルはたくさんあるけど、殺人事件に発展するような大きなトラブルはないそうだよ」

ポールが両手を広げて首を傾《かし》げた。

「そうですか。今日はこのへんで失礼します。つむぎさんから連絡が入ったら、教えてください」

神谷は立ち上がり、ポールに頭を下げると「玉座の間」をあとにした。

「つむぎって女、連絡してきますかね？」

慌てて追いかけてきた三田村が、エレベーターに乗り込みながら訊ねてきた。

「こなけりゃ、次は力ずくであのとっちゃん坊やを絞り上げて連絡先を訊き出すさ。あーイライラした！　ストレスで寿命が縮んだぜ」

神谷は吐き捨てるように言った。

許されるなら、あのいけすかないとっちゃん坊やの下膨れの顔に、思い切り平手打ちを浴びせたかった。

「それにしても、あの社長、マジに大丈夫っすかね？　ポールとかチェルシーとかレイチェルとか『玉座の間』とか、ありえないっしょ？」

三田村が呆れたように言った。

「俺も同感だ。何度生まれ変わっても、友達にはなれねえタイプだな。だが、ああ見えて、意外と頭がキレる男かもしれねえな」

神谷はポールの言動を思い浮かべながら言った。

「それはないっしょ。それより、ポールの本名を訊くのを忘れてました。いまから戻って、訊いてきますか？」

「必要ねえよ。ほら」

神谷は、「ミライコーポレーション」のホームページを表示したスマートフォンのディスプレイを三田村に向けた。

「会社概要だ。代表者の名前を見てみろ。俺でもこのくらいは使える」

神谷は悪戯っぽい顔で言った。

「え？　代表取締役……佐藤大作。なんすか！　めちゃめちゃ日本的な名前じゃないですか！」

三田村が爆笑した。

神谷はなぜか、笑える気分ではなかった。

その理由が、神谷にもわからなかった。

4

試験勉強の休憩に、ベッドに仰向けになった朝陽は室内に視線を巡らせた。

若草色のカーテン、若草色のベッドシーツ、若草色のクッション……子供の頃から、朝陽は若草色が大好きだった。

厳密に言えば、母が好きな色だった。

最初の頃は、若草色が嫌でたまらなかった。

小学生時代に母が生きていた頃に、若草色のスカートやワンピースばかりを買ってきたことが影響していた。

ランドセルも、ほかの女子は赤やピンクが多い中、朝陽は若草色だった。

——ねえ、ママはどうして緑ばかり買ってくるの?

あるとき、朝陽は訊ねた。

――緑じゃなくて若草色ね。あなたの名前ね、春に芽吹く若葉みたい、明るく元気にすくすくと育ってほしいって願いを込めて若葉にしようと思ったの。だけど、朝陽のほうがもっと明るく幸せな人生を歩めそうだからって、パパに押し切られちゃったの。だから、お洋服とか持ち物は若草色にしようと思ってさ。

――ママがそうしたいだけじゃない。

朝陽は唇を尖らせた。

――バレた？　でもね、若草色って見ているだけで幸せな気分にならない？


屈託のない母の笑顔が、脳裏に蘇《よみがえ》った。

朝陽が小学校四年生の頃、母はスキルス性の胃癌で亡くなった。

発見から一ヵ月という短い期間で母は逝ってしまった。

早く元気になって貰おうと、朝陽は毎回、若草色のワンピースやスカートを身につけて母の見舞いに行った。

朝陽の願いは通じず、母の退院は叶《かな》わなかった。

朝陽は自分の力が足りずに母の病気が治らないのではないかと落ち込んでいたが、ある一言で救われた。

――朝陽がいつもママを幸せな気分にしてくれるから、病気が怖くなくなったわ。ありがとうね。これで、笑顔で天国に行けるわ。


それから三日後に、母は息を引き取った。

朝陽は記憶の扉を閉め、スマートフォンを手に取った。


(ご飯はどうだった?)

(連絡待ってるね)

(おーい)

(まだ寝てないよね?)


朝陽はスマートフォンのディスプレイに向かってため息を吐いた。

五分前に送った最後のメッセージの時間は23:25。

楓に送った四件のトークには、既読がついていなかった。

最初に送ったLINEが午後七時二十五分なので、もう四時間前だ。

楓はレスポンスが早いタイプで、起きていれば三十分以内で返してくる。

いまは寝ているとしても、最初にLINEを送ったときは起きていたはずなので既読もついていないのは心配だ。

「もう、なにしてるのよ。早く連絡……」

朝陽がスマートフォンを置こうとしたとき、ディスプレイに楓ママの名前で着信が入った。

「おばさん、こんばんは」

朝陽は弾かれたように起き上がった。

『遅くにごめんね。もしかして、朝陽ちゃんの家に楓がお邪魔してる？』

楓ママの不安げな声が、朝陽の不安に拍車をかけた。

「いいえ、お昼に一緒にいましたけど、一時間くらいで別れました。楓、家に帰ってないんですか？」

『そうなのよ。ウチは門限が八時と決まっていて、いままでこんなことは一度もなかったのに……。ねえ、楓が泊まりそうな友達に心当たりはないかしら？』

楓ママが弱々しい声で訊ねてきた。

「じつは私も楓と連絡が取れていなくて、心当たりの友人に連絡したんですけどいませんでした」

『いったい、どうしたのかしら……。朝陽ちゃん、昼間会っていたときに楓に変わった様子はなかった？』

「変わった様子ですか？」

朝陽は訊ね返しながら、目まぐるしく思考を回転させた。

もしかしたら出会い系アプリでトラブルに巻き込まれた可能性もあるが、いまの段階では楓ママに言えなかった。

「楓は、いつもと変わらない感じでした」

本当のことを楓ママに伝えられず、心が痛んだ。

『そう……。ごめんなさいね、試験も近いのに。なにかわかったら、連絡ちょうだいね』

消沈した様子で、楓ママが電話を切った。

朝陽は立ち上がり、檻の中の動物のように室内を歩き回った。

楓が家に帰っていない。

もしかして、援助交際……。

危惧と懸念が、朝陽の不安を掻き立てた。

「楓はそんな子じゃないわ」

慌てて、朝陽は疑念を打ち消した。


――お金はあるけど若い子との出会いがない。お茶やご飯に一、二時間つき合うだけでお金をくれる人。そういう人達をお茶パパ、飯パパと呼ぶの。都合のいい男でしょ？

おかしそうに笑いながら説明する楓の言葉が脳裏に蘇り、ふたたび朝陽の胸に疑念が膨らんだ。

アプリは「トキメキ倶楽部」、食事を約束した男性会員は三宅という名前だったはずだ。

朝陽はデスクチェアに座り、出会い系、「トキメキ倶楽部」のワードで検索した。

すぐにヒットした。

朝陽は「トキメキ倶楽部」のアプリをダウンロードし、男性会員のプロフィールのページを開いた。

三宅の名前を、検索エンジンに打ち込んだ。

三件がヒットした。

ざんぎり頭に白縁眼鏡のプロフィール写真を、朝陽はクリックした。

三宅
45歳　東京都渋谷区

自己紹介

企業のCEOだよ。
正直、お金持ち（笑）
10代の女の子を支援するために登録したから、お金ほしい子はメッセージよろしく！

詳細情報

外見
身長　170センチ
スタイル　ナイスバディ

職種　学歴
IT関連

性格　その他

性格　フランク
お酒　シャンパン　ワイン
暇な時間　女性に合わせる
同居人　一人暮らし

希望する女性のタイプ
年齢　10代〜
スタイル　10代なら気にしない。

「なにこの人……ロリコン丸出しじゃない」

プロフィールを読んだ朝陽は、嫌悪感に襲われた。

「楓……どうしてこんな人と会うのよ。連絡取らなきゃ……」

三宅と連絡を取るには、朝陽が会員登録をしなければならない。

朝陽は若葉の名前で登録した。

若葉……母がつけようとした名前。

若葉の名前で登録すれば、母が守ってくれるような気がしたのだ。

若葉
18歳　東京都目黒区

自己紹介

はじめまして。
支援してくれる人を探してます。

詳細情報

外見
身長　160センチ
スタイル　普通

職種　学歴
専門学生

性格　その他
性格　人見知り
お酒
暇な時間　土日
同居人　父親

希望する男性のタイプ
年齢　40代～
スタイル　気にしない

朝陽は、三宅好みのプロフィールにした。


はじめまして！

若葉と言います。

来年、海外旅行を計画しているので、支援してくれる方を探しています。

三宅さんのプロフィールに、10代の女の子を支援するために登録したと書いてありましたので
メッセージしました。

まずは、顔合わせをお願いできますか？


メッセージを送信する前に、朝陽は深呼吸した。


楓の安否を問うためには、三宅という男に会う必要があった。

二人きりになるわけではない。

人目の多いカフェで会えば安全だ。


メッセージを送信しようとしたとき、ドアが開いた。

「お姫様！　勉強は捗《はかど》っているか？」

腰にバスタオルを巻いた父が、タオルで髪の毛を拭きながらずかずかと部屋に入ってきた。

「もう、父さんったら、ノックしてって言ってるでしょ？　それに、裸で入ってこないでって、何度言ったらわかるの？　あと、髪は濡れたままじゃなくてドライヤーで乾かしてって言ってるじゃない」

朝陽は父に小言を言った。

父は何度注意しても同じことを繰り返す。

外では優秀な刑事だが、家では聞き分けのない大きな子供だ。

嘘《うそ》が吐けず、不器用で、損得考えずに正しいと思ったことを貫き通す……生き方が下手《へた》な男だが、そんな父が朝陽は大好きだった。

「わかった、わかった。次から全部そうするよ。口うるさいところが、だんだん母さんに似てきたな」

苦笑いする父を見て、朝陽は思いついた。

楓のことを、父に相談してみようと。

考えてみれば、それが一番の方法だ。

父があまりに身近な存在過ぎて、刑事だということを忘れていた。

「なんだ、勉強してるかと思ったらスマホをイジってたのか？」

父が朝陽の手元を見て言った。

「ちょっと、休憩してただけよ。それより、お父さんに……」

「お前、出会い系のアプリとかやってないだろうな？」

楓のことを相談しようとした朝陽を遮り、父が訊ねてきた。

「なによ？　急に？」

動揺を悟られないように、朝陽は言った。

「ちょっと、いろいろあってな。どうなんだ？　お前はもちろん、お前の友達にも出会い系アプリとかやってる子はいないだろうな？」

父が厳しい表情で訊ねてきた。

「そんなの、やってるわけないよ」

咄嗟《とっさ》に、嘘が口を衝《つ》いて出た。

「信じていいんだな？」

「うん。用が済んだら、出て行って。勉強しなきゃだから」

朝陽は素っ気なく言った。

これ以上、父と向き合っていると嘘を見抜かれてしまいそうだった。

「いいか？　出会い系をやってる友達に勧められても、絶対に断れよ」

「しつこいな。言われなくても、そんなのに興味ないから」

隠し事をしていることに、朝陽の胸は痛んだ。

だが、父に余計な心配はかけたくなかった。

楓が出会い系アプリで出会った男性と食事をした日に連絡が取れなくなったと知ったら、父は朝陽にかかわるなというに違いなかった。

「じゃあ、父さんは明日も早いから寝るよ。おやすみ、愛するお姫様！」

父がおどけたように言いながら、朝陽の頰にキスをしてきた。

「もう、キモい！　キモい！　キモい！　早く出て行って！」
朝陽は父の背中を叩きながら、ドアへと追い立てた。
「なんだよ、かわいくねえな。五歳の頃は喜んだのに。じゃあな」
父が部屋から出ると、朝陽は苦笑いを浮かべながらため息を吐いた。
口で言うほど、父のキスが嫌ではなかった。
朝陽は真顔になると、デスクに戻りスマートフォンを手にした。
ディスプレイに浮かぶ三宅へのメッセージ――送信するかどうか逡巡《しゅんじゅん》した。
送信すれば、父を裏切ったことになる。
だが、楓のことが心配だ。
変な目的ではなく、楓を探すため……父を裏切ったわけではない。
朝陽は己に言い聞かせ、送信ボタンをタップした。

5

『テレビの情報番組は視聴者を洗脳しています。まず、女性蔑視《べっし》発言。ドラマや映画でも、女になにができる？　みたいなセリフが一切ＮＧになってます。知人の小説家から聞いたのですが、女性の幸せは嫁入りして子宝に恵まれることだと思う、って登場人物に言わせたら校閲のチェックが入ったとか。世の中がこれほど過敏になっているのは、テレビの責任が大です。もうこれは、立派な集団洗脳ですよ。作り手が導きたいほうに視聴者を誘導するやり口は、女性蔑視発言だけではありません。若者が悪で中高年が善という構図もテレビは作りたがりますね。なぜだかわかりますか？　テレビ局の神様のスポンサーのほとんどが中高年だからですよ。だからテレビでは中高年のことを悪く言いづらいのです。最近の若者はなってないとか……私に言わせれば中高年も若者も、有能な人もいれば無能な人もいます。たしかに、ハロウィンで暴徒化した若者の集団が車を引っ繰り返したという事件はありましたし、サッカーの日本代表のワールドカップ進出が決まったときに、フーリガン化した若者が店の窓を叩き割り商品を盗み出したという事件もありました。中高年はそういう事件を引っ張り出して最近の若者はどうとか言いますが、中高年だってとんでもない馬鹿はいます。アクセルとブレーキを踏み間違えて店に突っ込んだり歩行者を轢《ひ》き殺してしまったりする高齢者ドライバー、女性にたいしての差別発言を繰り返す老政治家、専門外のサッカーやラグビーの選手のプレイを公共の電波を使って独断と偏見でバッサリ斬り捨てる老野球ＯＢ……中高年にだって、老害は一杯いますよ。いや、むしろ中高年……中でも高齢者のほうこそ日本の政治、経済、文化の成長と発展を妨げている負の遺産だと僕は思いますけどね』

捜査一課のデスク――神谷は、ノートパソコンで「ＹｏｕＴｕｂｅ」チャンネルを観ていた。チャンネルでは一人目の被害者でＩＴビジネスの風雲児……清瀬歩が、ワイドショーのコメンテーターとして持論を展開していた。

テレビのコメンテーターでありながらテレビを批判する清瀬歩が、各局のワイドショーで引っ張りだこになるには理由がある。

アイドル系の甘い顔立ちと歯に衣着《きぬ》せぬ舌鋒《ぜっぽう》鋭い発言のアンバランスさが主な視聴者である主婦層に受け、視聴率が稼げるからだ。

だが、生放送でのこの日の番組で、スポンサーの名前を出した清瀬歩は番組から降ろされてしまった。

いくら視聴率が稼げても、「神様」を怒らせたら番組自体が打ち切られてしまう。

神谷は保存していた次の「ＹｏｕＴｕｂｅ」チャンネルを再生した。

『おはようございます！　月曜日です。今週も元気に一週間を乗り越えましょう！　さて、今朝の「モノ申す！」のコーナーは、いま、テレビ界を震撼させているあるコメンテーターの、テレビは視聴者を洗脳している発言についてです。そのコメンテーターが言うには、テレビはスポンサー世代に忖度《そんたく》し、高齢者贔屓《びいき》の報道をして若者を悪者に仕立て上げているそうです。冗談じゃありません！　僕は「モーニングフラッシュ」のMCを十年続けさせて貰っていますが、ただの一度も視聴者を欺いたり洗脳しようとしたことはないし、そもそも高齢者の肩を持ったこともありません！　肩を持つどころか、僕は老害撲滅派ですから！　去年も元幹事長の女性蔑視発言が物議を醸しましたよね？　女性は話が長いとか女性は感情的だとか、令和の時代に、しかも世界が注目している国際的イベントの席でこういった発言をすること自体、僕には考えられませんね。誤解を恐れずに言いますけど、老害は一国を滅ぼす元凶です！』

三人目の被害者で情報番組MCの石井信助が、顔を赤く染めて訴えた。

石井信助は芸能界に入る以前は自衛官という変わり種で、彼の熱血発言が視聴者から支持され、朝の時間帯にもかかわらず視聴率は驚異の十五パーセントに達していた。

神谷はノートパソコンを閉じ、スマートフォンのフォルダをタップした。

フォルダには、二人目の被害者の沢木徹のコラムが保存されていた。

お年寄りを大事にしなさい。

誰しも一度は言われたことがある言葉だ。

本当にそうだろうか？

もちろん、大事にしなければならないお年寄りは数多くいる。

だが、それと同じくらいのろくでもない年寄りもいる。

永田町を見るといい。

七十を超えた妖怪達が、権力と金を手に入れるために連日のように足の引っ張り合いを繰り広げている。

社会的弱者であればお年寄りでなくても大事にしなければならないし、社会にとって害悪な存在なら年寄りであっても制裁しなければならないと私は思う。

政治家以外にも、老害は数多く存在する。


「老害……」

神谷は呟いた。

清瀬歩、沢木徹、石井信助、三人の被害者に共通しているのは、テレビや雑誌を介して老害について語っていることだった。

偶然か？

そもそも、老害について語ることが殺害の動機にはならない。

神谷は四人目の被害者である中城敦也のインスタグラムのフォルダを開いた。

中城敦也は古着販売のショッピングサイトのカリスマオーナーで、インスタグラムのフォロワーの数は百万人を超える。

白のフェラーリに寄りかかり微笑《ほほえ》む、ピンクのセーターに白のハーフパンツ姿の男、ホテルのプールサイドで鍛え上げられた肉体美を惜しみなく披露し、シャンパングラスを傾けている男、広大な芝生の上でゴールデンレトリーバーと戯れる男……インスタグラムに投稿されているのは、どれもこれもが充実したセレブライフを送る勝ち組の写真だった。

だが、写真とは違いキャプションに投稿された文章は過激なものだった。

ペットショップの現実は、生後三ヵ月を過ぎて売れ残ったワンコをバックヤードのケージに閉じ込め、シャンプーもしないし散歩もしないし餌もろくにあげない。

なぜかって？

保健所で殺処分にするか大学病院の手術の練習台にするかのどちらかだから、金と手間をかけたくないのさ。

繁殖業者もメス犬をケージに閉じ込めて、薬物を注射して一年中交配させて妊娠しなくなったら保健所送り。

悪徳ペット業者に天誅《てんちゅう》を！


アイドルが男とスクープされたら裏切られたとか時間を返せとかいうファンがいるけど、馬鹿言うなって。

アイドルなんて虚構の世界の生き物だから。

ファンのみなさんが恋人です、って言ってる映像を彼氏とセックスしながら観ているのはあたりまえで、それが普通だから。

本当のファンなら、綺麗《きれい》なところばかりじゃなくて汚いところも含めて応援してやれって。

アイドルオタクに喝！


この前、ホテルのバーで酒を呑《の》んでたら女性スタッフを怒鳴ってる酔っ払いがいてさ。耳を澄ましてたら、「どうして俺の注文を先に取りにこない！」「俺がいままでこの店にいくら金を落としてると思ってるんだ！」「社長にクレーム入れてお前をクビにするくらい簡単だぞ！」って喚《わめ》き散らしててさ。

仕立てのいいスーツを着た六十過ぎのおっさんで、どこかのお偉いさんみたいだけど、もうみっともなくてさ。

人間ってさ、年を取ってくるとどんどん頑固で横柄《おうへい》になって人の話も聞かないし反省しないよね。

とくに社会的立場のある年寄りが、一番質《たち》が悪いよね。自分の思い通りにならないからって、孫みたいな年の女性スタッフを恫喝《どうかつ》するんだからさ。そんなジジイほど、家じゃ立派な父親、優しいお祖父《じい》ちゃんを演じてるんだろうな。

政界、経済界、スポーツ界、芸能界……キングメーカーってジジイ、会長ってジジイ、OBってジジイ、大御所ってジジイがのさばって利権を貪《むさぼ》るから、どこの世界も風通しが悪くてさ。

もういっそのこと、役所みたいに還暦過ぎたら隠居するって法律を作ったほうがいいよ。

還暦過ぎた権力ジジイは一掃！


「また、老害か……」

神谷は腕組みをして呟いた。

「神谷さん、丼《どんぶり》、そば、うどん、どれがいいっすか？」

偶然にしては、被害者四人が老害をテーマにしているのは不自然だ。

だが、老害非難と連続殺人事件がどうしても結びつかない。

老害を非難した四人、唇を削ぎ落とされた死体、十指を切り落とされた死体……。

これらが意味するものはなにか？

「神谷さん、丼とそばとうどん……」

「うるせえっ！　気が散るだろうが！」

神谷は、三田村の頭を平手ではたいた。

「また叩く！　髪型が崩れるからやめてくださいって、言ってるじゃないですか！　適当に頼んじゃいますから、文句を言わないでくださいよ！」

三田村が髪型を整えながら自分のデスクに戻った。

唇を削ぎ落とされたのが、ワイドショーのコメンテーターの清瀬歩と情報番組ＭＣの石井信助で、十指を切り落とされたのがライターの沢木徹とカリスマインスタグラマーの中城敦也だ。

二人は唇、二人は十指……。

なにかの警告か？

単なる偶然か？

いくら考えても、答えはみつからなかった。

わかっているのは、死体の額に粗大ごみのシールを貼るなど、犯人が警察をおちょくっていることだった。

「くそっ！」

神谷はデスクに掌《てのひら》を叩きつけた。

他の者は気にするふうもなく、各々の作業に没頭していた。

神谷がいら立ったときに、デスクを殴ったり壁を蹴ったりするのはいつものことだ。

なので神谷のデスクは凸凹《でこぼこ》になっており、捜査一課のフロアの壁はそこここに靴跡がついている。

「また、神谷遺跡が増えたな。粗大ごみ事件にイラついてるのか？」

呆れたように言いながら、小太りの男……鑑識課の宝田が神谷の隣のデスクに座った。

「捜一に油を売りにきて、鑑識は指紋と足跡を取る以外仕事がないのか?」

神谷は中城敦也のインスタグラムのキャプションを視線で追いながら、皮肉を返した。

「嫌味を言うな。忙しいのは一課ばかりじゃないんだぞ。中城敦也の検死解剖の結果が出た。捜査本部には報告済みだ」

神谷はスマートフォンから宝田に視線を移した。

「ガイシャの体内から、過去三人と同じ硫酸タリウムが検出された」

「やっぱり、同一犯か……」

神谷は呟いた。

「まあ、そう考えるのが妥当だな。今回はアルコールの成分も検出された」

宝田が言った。

「アルコール?」

「ああ。酒の席で混入された可能性が高いな」

「中城さんは、ホシと飲んでたってことか?」

神谷は間を置かず訊ねた。

「ホシと飲んでいたか、ホシが異物を混入できる場所で飲んでいたか……まあ、過去の三人も飲料に硫酸タリウムを混入された手口から考えると、ホシとガイシャが見ず知らずの人間以上の関係であるのはたしかだな」

宝田が持参のタンブラーに口をつけた。

妻が宝田の肥満気味の身体を気遣い、自家製の健康茶を持たせているという話を以前に聞いた覚えがあった。

「ホシが経営している飲食店に出入りしているとか、または勤務している飲食店……なんにしても、もっとガイシャの交友関係を洗う必要があるな。それにしても、ふざけた野郎どもだっ。ゲーム感覚で次々と殺しやがって！」

神谷が右手をデスクに振り下ろそうとしたとき、宝田が目の前にエビデンス袋を突きつけてきた。

エビデンス袋の中には、ピンクのシュシュと熊のキーホルダーが入っていた。

「現場に続くマンションのエントランスに落ちていた。女子中高生の間で、シュシュとキーホルダーを学生カバンにつけるのが流行《はや》っているそうだ」

宝田が言った。

「シュシュってなんだ？」

神谷は訊ねた。

「お前、高校生の娘がいながらシュシュも知らないのか？　髪を結ぶやつだよ」

宝田が呆れたように言った。

「なんだ、輪ゴムのことか」

神谷が吐き捨てた。

「輪ゴムじゃない、シュシュだ。お前の頭は、昭和で止まってるのか？」

宝田がため息を吐いた。

「いい年したおっさんが、シュシュなんて知ってるほうが気持ち悪いだろ！」

「刑事はなにが捜査の手掛かりになるかわからねえから、視野を広げておけ……って、言ってたの誰でしたっけ？」

　悪戯っぽい表情で言いながら、三田村が神谷のデスクに歩み寄ってきた。

「うるせえ！　で、このシュシュとやらがどうした？」

　神谷は三田村を一喝し、宝田に顔を戻した。

「マンションの居住人には聞き込みをしたが、持ち主はいなかった。だからといってホシの落とし物と決めつけるのは早計だが、お前の耳に入れておこうと思ってな」

　宝田が神谷のデスクにエビデンス袋を置いた。

「ホシが女子高生の可能性があるってことですか⁉」

　三田村が素頓狂な声で話に割り込んできた。

「その可能性は低いが、ホシの娘の持ち物の可能性、ホシの知人の持ち物の可能性、ホシの愛人の持ち物の可能性は考えられるな。メーカーは割り出したか？」

　神谷は目まぐるしく思考を巡らせながら、宝田に訊ねた。

「俺はお前の部下じゃないぞ」

　言いながら、宝田がスマートフォンを操作した。

　神谷のスマートフォンがデスクの上で震えた。

「販売店の情報を送っておいた。仕事の早い俺に感謝しろよ」

　宝田が恩着せがましく言った。

「ファンシーショップ『いろ色』。渋谷区道玄坂《どうげんざか》……どうして絞り込めた？」

　神谷はＬＩＮＥアプリを開き、宝田から送信された店舗情報を読みながら訊ねた。

「そのシュシュが卸されていた店は都内に二百四十八店舗。キーホルダーが卸されていた店は都内に百三十五店舗。シュシュとキーホルダーの両方が卸されていた店は都内に、新宿、渋谷、池袋、下北沢、吉祥寺の五店舗だ。五店舗とも、十代の女子をターゲットにした雑貨店だ」

「おい、行くぞ」

神谷はデスクチェアから腰を上げ、三田村を促した。

「えっ、どこに行くんですか？」

「五軒の雑貨店を回るに決まってんだろ！」

「でも、もうすぐ出前が……」

神谷は三田村の尻にタイキックを浴びせた。

「痛《い》てっ……。わかりましたよ！」

三田村が膨れっ面で追いかけてきた。

「あ、お前、頑張った褒美として二人分の出前を食ってもいいぞ」

神谷は振り返らずに宝田に言った。

「糖尿にする気か！」

部屋を飛び出す神谷の背中を、宝田の声が追ってきた。

6

渋谷の宮益坂《みやますざか》下で朝陽は足を止め、スマートフォンに視線を落とした。

位置情報では、もうこの近くだ。

朝陽は顔を上げ、「珈琲家族」の看板を探した。

中高年の喫煙者が数多く利用する有名なチェーン店なので、待ち合わせ場所に指定はしたが詳しい場所は知らなかった。

五メートルほど先で視線を止めた。

「珈琲家族」の看板を認めた瞬間、朝陽の心臓が早鐘《はやがね》を打ち始めた。

約束の時間まで、あと十分ある。

気を落ち着けるために、朝陽は路地に入り深呼吸した。

ふたたびスマートフォンに視線を落とし、昨夜三宅から返ってきたメッセージを読み返した。


若葉さん、メッセージありがとうございます。

来年、海外旅行を計画しているんですね？

楽しみですね。

ハワイですか？　ヨーロッパなら旅費も高いですよね。

どちらにしても、支援しますよ。

疑うわけではないんですけど、学生証を持ってきて貰ってもいいですか？

名前と住所は伏せて構わないので、写真と年齢だけを確認させてください。

僕は十代の女子に支援すると決めているので、二十歳以上だと対象外になるので。

僕は最短、明日の五時から顔合わせ可能です。

場所は都内であれば合わせます。

では、ご連絡お待ちしています。


「十代の女子だけが支援対象なんて、ありえないんだけど」

朝陽の両腕には鳥肌が立っていた。

だが、我慢だ。

一刻も早く楓をみつけなければならない。

楓は学校も欠席し、昨日から今日まで朝陽にも連絡がなかった。

本当は父に相談したかったが、楓がマッチングアプリに登録して父親ほども年の離れた男とパパ活しているとバレたら大変なことになる。

三宅に会えば、楓についてなにかがわかるはずだ。

朝陽も楓のことが心配だったが、それは彼女の母親の心配とは種類が違う。

楓の母親は娘がなにか事件に巻き込まれていないかを危惧しているが、朝陽は違った。

朝陽は楓が、どこか男のもとへ転がり込んだのではないかと疑っていた。

楓は父親と折り合いが悪く、早く一人暮らしをしたいというのが口癖だった。

楓の父親は有名芸人だが、テレビで見せていた道化的な姿とは対照的に、家庭では厳格な父親だった。

門限を一分でも過ぎれば電話が十分おきにかかってきて、二時間は説教されていたらしい。

母親には口が裂けても言えないが、朝陽は失踪ではなく家出している可能性が高いと思っていた。

もしかしたら、三宅の家に転がり込んでいるのかもしれない。

朝陽なら絶対に考えられないことだが、楓には昔から大胆なところがあった。

それは男性に関しても同じだ。

楓は男性経験が豊富だ。

朝陽が知っているだけでも、三人の男子と肉体関係を結んでいた。

三人はすべて同年代だが、年上でも気後れするタイプではなかった。

厳し過ぎる父親への反動なのかもしれない。

家族にバレる前に、楓を見つけ出し連れ戻さなければ大変なことになる。


ご連絡ありがとうございます。

では、明日五時に渋谷の宮益坂にある「珈琲家族」というカフェで顔合わせをお願いします。

私は白のニットのセーターにデニムのショートパンツで行きます。

三宅さんの服装がわかれば教えてください。

では、明日、よろしくお願いします。


「珈琲家族」はレトロな喫茶店で、いまの時代に喫煙スペースが設けられており利用客のほとんどが中高年の男性だった。

朝陽が顔合わせの場所に選んだ理由は、同年代が利用しないからだ。

三宅のような中年男と一緒にいるところを、クラスメイトに見られたくはなかった。


若葉さん、メッセージありがとうございます。

五時に渋谷の「珈琲家族」ですね？

了解しました。

白のニットセーターにデニムのパンツですか？

とても若々しく素敵なコーディネートですね。

当日、僕は白いキャップを被っているのですぐにわかると思います。

では、お会いできるのを楽しみにしています。

有意義な時間にしましょう。


メッセージを確認した朝陽の腕に、ふたたび鳥肌が立った。

「楓のためよ」

朝陽は自らを鼓舞するように言い聞かせ、足を踏み出した。

☆

「珈琲家族」は、予想通り中高年の客で溢《あふ》れ返っていた。

白いキャップ……。

朝陽は店内に巡らせていた視線を最奥の壁際の席で止めた。

斜めに被った白い「ニューエラ」のキャップ、ダボダボのオレンジのビッグTシャツ、白のワイドパンツ、首に巻いた金のネックレス、指に嵌《は》められた複数のごつい色石……奥の席の男は白いキャップを被っているが年が違う。

三宅は四十五歳だが、男は十代……。

朝陽は眼を凝らした。

ビッグTシャツ越しの突き出た腹、キャップの下の弛《たる》んだ頬――男は若作りしているが、若者ではなかった。

十代どころか二十代……いや、三十代でもなかった。

朝陽はスマートフォンに表示されている三宅のプロフィール写真と、ストリートファッションの男に交互に視線をやった。

下膨れの頬、八の字に下がった公家《くげ》眉、腫れぼったい一重瞼……スーツ姿に七三分けの髪型でわからなかったが、プロフィール写真の顔と若作りした男の顔は同じだった。

たしかに白いキャップを被るとは書いてあったが、まさかこんな格好でくるとは思わなかった。

これなら、スーツ姿のおじさんとお茶を飲んでいるほうがまだましだ。

十代の尖ったダンサーが着るようなストリートファッションに身を包んだ中年男など、イタイだけだ。

薄気味悪さと困惑に背を押され、朝陽は三宅のもとに向かった。

「こっちこっち！」

朝陽に気づいた三宅が、大きく手を振った。

周囲の客の視線が三宅に向いたあと、朝陽に移った。

あんなイタイ中年男と待ち合わせていると思われただけで、顔から火が出るほど恥ずかしかった。

「はじめまして、若葉です」

朝陽は周囲の客に聞こえないように小声で言いながら、席に着いた。

「めちゃめちゃ小顔だね！　鬼かわいいじゃん！」

三宅が、無理に若者ふうの言葉を使った。

ふたたび、周囲の客の視線が集まった。

「めっちゃアイドルみたいじゃん！　めっちゃ好み！」

三宅が下膨れの頬肉を揺らしながら、若者ぶってハイテンションに言った。

「ところで、びっくりした？　プロフィールじゃスーツ姿のおっさんだったのに、目の前の僕はこんな感じでさ」

こんな感じと言いながらも、三宅は得意げだった。

どんなに若作りをしても、おじさんに変わりないということに気づいていないのだろうか？

スーツ姿でも三宅は気持ち悪いが、十代を装うことで気持ち悪さに拍車がかかっていることにも……。

「え……ああ、はい」

正直な感想を口にするわけにはいかず、朝陽は曖昧《あいまい》に言葉を濁した。

注文を取りにきたウエイトレスに、朝陽はアイスティーを注文した。

「若葉ちゃんに気を遣わせないように、ファッションを合わせてきたんだよ」

三宅が恩着せがましく言うと、ホットコーヒーを音を立てて啜《すす》った。

やはり、本人はストリート系ファッションが似合っていると思っているのだろう。

「これなら、二人でお茶してても違和感ないでしょ？　ヒップホッパーとデートしている女子高生って感じ。イヤア〜」

三宅が中指を突き立て舌を出した。

朝陽は眩暈《めまい》に襲われた。

三宅は想像以上に、危ない男かもしれない。

不意に、楓のことが心配になってきた。

「早速だけど、若葉ちゃんはいくら支援してほしい？　遠慮なしに言って。見返りがあればいくらでも協力できるからさ」

見返りという言葉に、朝陽はゾッとした。

早く、本題を切り出さなければ……。

朝陽の背筋を、焦燥感が這い上がった。

「あの……」

「海外旅行はどこに行きたいの？　ハワイ？　ヨーロッパ？　それともアメリカ？」

朝陽を遮り、三宅が矢継ぎ早に訊ねてきた。

「僕が旅行費用出したら、いつ大人できる？」

三宅が下卑た笑いを浮かべながら訊ねてきた。

「実は、私……」

「現金渡せば、このあとオッケー？」

朝陽を遮り、三宅が身を乗り出してきた。

「中出しNG、アナルNG以外に、なにかNGあるなら教え……」

「昨日、かえ……ミミって女の子と食事しましたよね？」

三宅の聞くに堪えない言葉に、朝陽は本題を切り出した。

「ミミ……ああ、ミミちゃん。あの色っぽい女の子ね。知ってるよ。え？　もしかして、君、友達？」

三宅が驚いた顔で訊ねてきた。

「はい。騙《だま》したようで申し訳ないのですが、実は、支援してほしいっていうのは嘘で、本当はミミの行方を探しているんです」

朝陽は一息に言った。

いつまでも伏せたままパパ活を装い、三宅と苦痛な時間を過ごしたくはなかった。

「ミミちゃんの行方を探してる？　それは、どういうこと？」

三宅が身を乗り出した。

「ミミが昨夜から、家に帰っていないんです。家の人も心配していて……。三宅さんは、昨日、ミミとご飯を食べたんですよね？　ミミとは、何時まで一緒にいたんですか？」

朝陽は訊ねながら、三宅の表情を窺《うかが》った。

もしかしたら、三宅の家にいるのかもしれない。

いや、その可能性が高い。

三宅と会いに行くと言ったまま、連絡が取れなくなったのだから。

「なるほど、そういうことか。もしかして、僕のこと疑ってる？　ミミちゃんを監禁していると か？」

三宅が冗談めかして訊ねてきた。

「い……いえ、そんなことありません！」

慌てて朝陽は否定した。

「そんなに動揺して、認めているようなものじゃないか」

三宅が苦笑いした。

「すみません、そういうつもりじゃ……」

「いいんだ、いいんだ。君がそう思うのも仕方がないさ。いくら僕が若く見えると言っても、君達のお父さんくらいの年齢だからね」

三宅がウインクした。

少しも若く見えはしない。三宅は父と同年代だが、無理をして若作りをしているぶん、かえって老《ふ》けて見える。

もちろん、口が裂けても言えなかった。

「じつは、ミミちゃんのことは僕も心配していたんだ」

不意に、三宅が顔を曇らせた。

「ミミになにかあったんですか？」

朝陽の胸に不安が広がった。

「いや、なにかあったというほどじゃないんだけど、実は昨日……やっぱりやめておくよ」

三宅が急に口を噤《つぐ》んだ。

「教えてください！　ミミのことが心配なんですっ」

「気持ちはわかるけど、友人の君にも知られたくないことだから連絡してないんだろうしさ」

「お願いします！　このままだと、ミミの親が警察に捜索願いを出してしまいます」

朝陽は頭を下げた。

「まるで、警察に捜索願いを出されたら困るみたいな言いかただね。親だったら、誰だって心配して警察に頼るのが普通だよ」

三宅が怪訝な顔で言った。

「もしかしたら、ミミになにか事情があって家を出たのかもしれませんし……三宅さんに会えば、なにか知っているんじゃないかと思ったんです。お願いしますっ」

ふたたび朝陽は、頭を下げた。

「困ったな……ミミちゃんにも彼にも恨まれたくないしな」

三宅が困惑の表情で独り言ちた。

「彼？」

朝陽が繰り返すと、三宅が掌で口を押さえた。

「彼って誰ですか⁉　ミミは男の人と一緒なんですか？」

朝陽は矢継ぎ早に訊ねた。

「じゃあ、特別に教えるけど、君にも一つ約束してほしいことがあるんだ」

三宅が半分ほどになったミルク色のコーヒーに、スティックシュガーを五本入れた。見ているだけで、胸焼けしそうだった。

「約束って……」

「ミミちゃんが男の人といることを、誰にも言わないことさ」

朝陽を遮り、三宅が言った。

「やっぱり、ミミは男の人といるんですね？」

訊ねる朝陽に、三宅が二重顎を引いた。

「ミミのお父さんとお母さんにもですか？」

ふたたび、三宅が二重顎を引いた。

楓と一緒にいる男性に、なにか事情があるのだろうか。

尤《もっと》も、楓の両親に本当のことなど言えなかった。

とくに厳格な父親は、楓が男性といると知ったら大激怒するに違いない。

楓の居場所を突き止めて、朝陽が連れ戻すしかなかった。

「わかりました。約束を守りますから、ミミが誰といるのかを教えてください」

「昨日、ミミちゃんと恵比寿《えびす》でご飯を食べる約束だったからレストランの前で待っていたんだけど、待ち合わせの時間を過ぎてもこなかったんだよね。十五分くらい待ってたんだけど、ミミちゃんは現れなかった。メッセージを送ったけど返信がなくてさ。アプリのメッセージでやり取りをしていたから、ＬＩＮＥも電話番号も知らないから連絡が取れないし、マッチングアプリはバックレがよくあるから、やられたな、と思って帰ろうとしたんだよ。そしたら、飲み友達から連絡が入ってね。ミミちゃんって女の子と待ち合わせしてたよね？　って。その飲み友達は秀《ひで》っていうんだけど、僕と一緒に『トキメキ倶楽部』に登録しててさ。いま、ミミちゃんと一緒にいるから合流する？　って」

「どういうことですか？　ミミは三宅さんと食事の約束をしてたんですよね？」

話の筋がわからず、朝陽は確認した。

「うん。つまり、ミミちゃんは僕と秀とダブルブッキングしていて、秀との約束を優先したってわけ」

三宅がため息を吐き、肩を竦めた。

「ミミは、約束を破るような子じゃありません」

朝陽はきっぱりと言った。

交友関係に派手なところはあったが、楓は朝陽との約束をすっぽかすどころか遅刻したこともなかった。

「だと思うよ。僕と秀との約束が被っていることは、ギリギリまで忘れていたんじゃないかな？で、途中で気づいて慌てたけど、結果的に秀を優先したってわけさ。秀は食事でも三万出すと言って、僕とは二万だったから金額で決めたのさ。同じ食事なら、二万より三万を貰えたほうがいいでしょ？」

三宅の言葉に納得した。

気乗りしない中年男と食事をするのだから、楓が手当の高いほうを選ぶのは理解できた。

楓には、打算的なところがあった。

「それでミミはいま、秀さんという人と一緒にいるんですか？」

「じゃないかな。秀は西麻布で会員制のラウンジをやってて、ミミちゃんはそこでバイトをはじめるって聞いたよ」

「ラウンジ？」

朝陽は首を傾げた。

「ラウンジを知らないんだ？　若葉ちゃんはうぶだねぇ！」

三宅の瞳が輝き、急にテンションが上がった。

三宅の気持ち悪さにも慣れ、鳥肌も立たなくなった。

「ラウンジっていうのはさ、芸能人やスポーツ選手やＩＴ会社の社長とか、金と立場のある人達が飲むところだよ。ミミちゃんは、そこでキャストをするみたいよ。時給も稼げるし金持ちのパパを捕まえることもできるし、ミミちゃんにとっては一石二鳥……」

「そのお店を、教えてください」

朝陽は三宅の言葉を遮り言った。

楓は未成年だ。

お酒のある場所で働かせるわけにはいかない。

彼女の両親にバレる前に、なんとしてでも連れ戻さなければならない。

「じゃあ、いまから連れて行ってあげようか？」

「いいんですか⁉」

予想外の言葉に、朝陽は思わず声を弾ませた。

正直、一人では不安だった。

秀という男性の友人の三宅が一緒に行ってくれるのは、朝陽にとって心強かった。

「イヤア～」

三宅が親指を立て、舌を出しながらヒップホッパーを気取った。

瞬間、朝陽は後悔したが、すぐに思い直した。

いま一番優先すべきなのは楓に道を踏み外させないこと……速やかに家に連れ戻すことだった。

「ありがとうございます」

朝陽は三宅の気持ち悪さから意識を逸らして頭を下げた。

7

西麻布の交差点——朝陽は、三宅に続いてタクシーを降りた。

三宅は大通りではなく、住宅街のほうに足を向けた。

「こんな静かなところに、お店があるんですか？」

不安になった朝陽は、三宅に訊ねた。

「若葉はファン、僕はシアン、それでも行かなきゃならない西麻布のジュータクガイ！　イェア～！　若葉はファン、僕はシアン、それでも行かなきゃならないシンユーを連れ戻すために！　イェア～！」

三宅が足を止めて振り返り、ラップで韻《いん》を踏んでいるつもりなのか上半身を上下に揺らしながらリズミカルに言葉を並べ、中指を立てて舌を出した。

「あの、ラウンジってお店はこのへんにあるのですか？」

朝陽は三宅のラップもどきを無視して、質問を繰り返した。

「ラウンジキャバとは違うハンカガイじゃなくジュータクガイ！　イェア～！」

ふたたび、三宅が韻を踏んだ。

「真面目に答えてください」

朝陽は三宅の腫れぼったい瞼の奥の瞳を見据えた。

「あ、ごめんごめん。身体に韻が刻まれて、血液に韻が流れてるから、無意識に動いてしまうんだよ。ラウンジは会員制で、著名人が通うことが多いんだ。繁華街から少し離れた場所に店を構えているのは、それが理由さ。こんな説明で大丈夫かな？　もし不安なら、ここでバイバイしてもいいけど？」

相変わらず三宅が、上半身を上下に揺らしリズムを取りながら言った。

「いえ、行きます。あと、どのくらいですか？」

朝陽は訊ねた。

不安がないと言えば嘘になるが、楓を連れ戻すために弱音を吐いてはいられない。

「もう、すぐそこだよ。ほら、あの建物さ」

三宅が十メートルほど先の瀟洒《しょうしゃ》なビルを指差した。

クスクスという笑い声が聞こえた。

「見て見て、あの人」

「え……おやじじゃん」

若いカップルが、三宅を見てひそひそ話をしていた。

「おっさんが、若作りしてイタくない？」

「キモいおっさんが、ヒップホッパー気取ってるよ」

「隣の子、ウチらと同じくらいじゃない？　つき合ってるのかな？」

「え⁉　マジに⁉　あんなキモいおっさんが彼氏⁉」

カップルの興味が、三宅から朝陽に移った。

朝陽の頬が、羞恥に熱を持った。

堪《たま》らず、朝陽はラウンジが入っているビルに向かって駆け出した。

「ヘイ！　若葉ちゃん！　待ってよ！」

三宅が大声で言いながら、朝陽のあとを追ってきた。

朝陽は駆け足のピッチを上げ、ビルのエントランスに駆け込んだ。

カップルの視界から外れ、朝陽はため息を吐いた。

「若葉ちゃん……急に……どうしちゃったの？」

三宅が膝に両手をつき、激しく肩で息を吐きながら訊ねてきた。

「何階ですか？」

三宅の問いかけに答えず、朝陽は逆に質問した。

「地下だよ」

三宅はエレベーターに乗り込み、Ｂ１ボタンを押した。

恥ずかしさに自らビルに駆け込んだものの、朝陽の心臓は早鐘を打ち始めた。

「まだ営業前だから、お客さんはいないからさ」

三宅が言いながら、エレベーターを降りた。

「ミミはいるんですか？」

三宅の背中に、朝陽は問いかけた。

「キャストはオープンの三十分前までに店に入るから、あと一時間くらいかな。中で待ってよう」

三宅は朝陽を促し、スチールドアのインターホンを押した。

「三宅だよ」

三宅がスピーカーに言うと、数秒後にスチールドアが開いた。

「よう、秀！　イェア〜！」

三宅が右肘を突き出すと、秀と呼ばれた黒いパーカー姿の男性も右肘を突き出した。

二人は右肘を軽くタッチさせると、次に両手の拳を触れ合わせ、最後にハグをして背中を叩き合っていた。

「秀とはよくつるんでいて、双子だと間違われるよ」

三宅が、臆面もなくさらりと言った。

秀という男性は三宅より、一回り以上は若く見える。

年齢だけでなく、小太りで下膨れ顔の三宅と筋肉質でシャープな印象の秀とは似ても似つかなかった。

「どうも、秀です。三宅さんから、話は聞いてます」

秀が右手を差し出してきた。

躊躇《ためら》いがちに、朝陽は秀の右手を握った。

「とりあえず、奥にどうぞ」

秀が三宅と朝陽を奥に促した。

店内は意外に広く、L字型になっていた。

三宅と朝陽は、出入り口から死角の最奥のソファに案内された。

「ミミはあと四、五十分もすれば出勤するので、ここで待っててください。三宅さん、なに飲みます？」

秀が三宅に訊ねた。

「とりあえず、ビールを貰おうかな？　若葉ちゃんも、同じでいいよね？」

当然のように言う三宅に、朝陽は耳を疑った。

「私は未成年です」

朝陽は硬い声で言った。

「未成年？　関係ないない〜。俺は十五歳から呑んでるからさ〜、イェア〜」

三宅が中指を立て、大きく舌を出した。

まただ。

いったい、三宅は何度このポーズを見せるつもりなのだろう？

「私は、お酒が嫌いなんです」

朝陽は表情を変えずに言った。

少しでも隙を見せれば、三宅は調子に乗って酒を勧めてくるに違いない。

「え〜？　嫌いって、呑んだことないんだからわかんないだろう？　騙されたと思って、一口だけでもいいから……」

「私は、ミミに会いにきたんです。お酒を呑みにきたんじゃありません！」

朝陽は、厳しい口調で拒否した。

「おおっ、怖っ！　ヤバっ！　わかったから、そんなに怒らないでよ。じゃあ、別の遊びをしよっか？」

三宅が、ニヤニヤ笑いながら立ち上がった。

「遊びません」

朝陽の脳内で、危険信号が点《とも》った。

「お酒もだめ、遊びもだめ、あれだめこれだめ……だったら、なにだったらつき合ってくれるのかな？」

三宅は、おどけた口調で朝陽に訊ねてきた。

「だから私は、ミミに会いに……」

「エッチしよっか？」

三宅の言葉に、朝陽は耳を疑った。

「帰ります」

うわずる声で言いながら、朝陽は立ち上がった。

「座って。ミミちゃんに会いにきたんだろう？」

三宅が朝陽の肩を摑んだ。

「は、離してください！」

朝陽は逃れようとしたが、三宅の手は肩を摑んで離さなかった。

「やめてください！　大声を出しますよ！」

朝陽は、涙目で三宅を睨みつけた。

膝がガクガクと震え、立っているのがやっとだった。

「好きにすればいいさ。店は休みにしてるから、誰もこないしね」

三宅が、ニヤニヤしながら言った。

「誰もこないって……ミミがくるんじゃないんですか⁉」

「ミミちゃん？　なんのこと？」

三宅がシラを切った。

「えっ……騙したんですか⁉」

震えた掠《かす》れ声で、朝陽は言った。

「いま頃わかった？　最初から、若葉ちゃんとエッチしようと思ってここに連れてきたんだよ。とりあえず、チュウしよう」

三宅の顔が、近づいてきた。

「やめて！」

朝陽は三宅の頬を平手打ちした。

「痛っ……僕をぶったね？」

三宅の血相が変わり、眼尻が吊《つ》り上がった。

頬に衝撃――目の前が白く染まった。

気づいたら朝陽は、ソファの上に倒れていた。

「暴れないように押さえておけよ！」

三宅に命じられた秀が、朝陽を羽交い締めにした。

「いやっ……こないで！　あっちに行って！」

朝陽は声を嗄《か》らして叫んだ。

「ピチピチピーチメノマエアルノニタベナイバカガドコニイル！　イェア～」

ラップ調に韻を踏みながら、三宅が朝陽のブラウスのボタンを引き千切った――露わになったブラジャーを剝ぎ取った。

「ビニューニチェリーヒデキカンゲキ！　オットトシガバレチマウオレハティーンノヒップホッパー！」

三宅が朝陽の胸を揉《も》み、乳首を舐《な》めてきた。

朝陽の全身に鳥肌が立った。

「いやっ、いやーっ！」

朝陽は声のかぎりに叫びながら、足で宙を蹴った。

上半身は秀に拘束されて動かなかった。

朝陽の首筋に、冷たいものが押し当てられた。

「ナイフだよ。少しでも動いたら刺すから。おとなしくしたほうがいいよ」

秀が耳元で囁《ささや》いた。

朝陽の全身を巡る血液が氷結し、身体が石のように固まった。

「やっぱり、十代のおっぱいはゴムみたいに弾力があって最高！　乳首も桜色で乳輪がちっちゃくて最高！」

三宅が喜色満面で言いながら、朝陽の胸を揉みしだき、乳首を吸った。

ナメクジが這うような嫌悪感——三宅を蹴り飛ばしたかったが、恐怖に身体が動かなかった。

「下のお毛々はどうなってるのかな〜？　若葉ちゃんの繁みは薄いのかな〜？　それともボーボーなのかな〜？」

三宅がスカートをたくし上げ、パンティを引《ひ》き摺《ず》り下《お》ろした。

首筋に当てられたナイフに声帯が萎縮し、朝陽は声を上げることができなかった。

「ビンゴー！　薄墨《うすずみ》で塗ったような陰毛だ……いただきまーす！」

三宅が、朝陽の秘部にむしゃぶりついた。

「おマメさんもちっちゃいね～」

三宅は秘部の突起を吸い、肉襞《にくひだ》を舌で掻き分けながら奥に侵入した。

朝陽は眼を閉じ、きつく奥歯を嚙み締めた。

全身の表皮を、鳥肌が埋め尽くした。

「そんなに足に力入れちゃって、もしかしてもしかして……若葉ちゃん、ヴァージン？」

三宅の嬉々とした声が、朝陽の嫌悪感に拍車をかけた。

「若葉ちゃんはヴァ～ジン？　ねえ、ヴァージン⁉」

三宅が繰り返し訊ねながら、朝陽の耳を舐めた。

嚙み締めた歯が舌を傷つけ、口内に血の味が広がった。

「そうなんだ？　そうなんだ⁉　そうなんだね⁉」

三宅の嬉々《きき》とした声が、ボリュームを増した。

「若葉ちゃん、眼を開けて」

悍《おぞ》ましい光景を眼にする勇気が、朝陽にはなかった。

「秀、僕が五を数えるうちに若葉ちゃんが眼を開けないなら、かわいい顔に傷をつけちゃってもいいからさ」

三宅の言葉に、朝陽は弾かれたように眼を開けた。

朝陽はすぐに眼を閉じた。

「ちゃんと見てないと、顔を切り裂くよ！」

三宅の怒声に、朝陽は恐る恐る眼を開けた。

三宅の股間で反り返るグロテスクな肉塊に、朝陽は悲鳴を上げた。

「若葉ちゃん！　眼を逸らさずにちゃんと見て！　秀！　頬にナイフを当てて！　若葉ちゃんが顔を背けたら皮膚が切り裂かれるように！」

朝陽は涙目で、三宅をみつめた。

「さて……」

スマートフォンを取り出す三宅――朝陽の胸を、不吉な予感が支配した。

「僕、ヴァージンと嵌め撮りするのが夢だったんだよね～」

三宅がスマートフォンを構えながら腰を屈め、肉塊を秘部に近づけた。

「いや……いや……お願い……やめてください……」

頬に刃が当てられているので、逃げるどころか少しも動けなかった。

「若葉ちゃんの、初めての男になってあげるよ！　ヴァージンを頂きまーす！」

三宅が下卑た笑みを浮かべながら、朝陽の秘部に肉塊を挿入してきた。

耐え難い激痛――底なしの絶望。

朝陽の悲鳴が、店内の空気を切り裂いた。

「あむふぅ……いいよいいよ～うむふぁ……もっと泣いて～むぉふ……もっと叫んで～……あふぅ……いい画《え》をちょうだ～い！」

スマートフォンの録画スイッチを入れた三宅が、気持ち悪い喘《あえ》ぎ交じりの声を発しながらゆっくりと腰を動かした。

8

「御覧の通り、ウチのお客様は女子中高校生が中心です」

ミルクティーカラーのショートヘアが小顔によく似合う、二十代前半と思しき店員が店内に視線を巡らせながら言った。

渋谷のファンシーショップ「いろ色」の十坪ほどの店内で、七、八人の女子中高生が声高に喋りつつ商品を物色していた。

「ですよね〜」

メモを手にした三田村が、大きなため息を吐いた。

ため息を吐きたいのは、神谷も同じだった。

鑑識課の宝田から得た情報――死体遺棄現場のマンションのエントランスに落ちていたシュシュとクマのキーホルダーを扱う五軒のうち、新宿、池袋、下北沢、吉祥寺の店からは犯人に繋がるような目ぼしい情報を得られなかった。

だが、気分が滅入る理由はほかにもあった。

昨夜、夜遅くに帰宅して朝陽の顔を見ようとしたが、疲れているからと部屋から出てこなかった。

今朝、なにかあったのか事情を聞こうと部屋に行ったが、すでに朝陽はいなかった。いつもより三十分以上も早く登校したのは、自分と顔を合わせたくなかったからだろう。もしかして、彼氏でもできたのか？

自分と顔を合わせなかったのは、疚しいことを……。

神谷は思考を止めた。

朝陽のことは、帰宅してから問い質《ただ》せばいい。

いまは捜査に集中だ。

「ありがとうございます。なにかありましたら、連絡を……」

「あ！　そう言えば、変な……いえ、変わったお客様がいました」

店をあとにしようとした神谷は、店員の言葉に足を止めた。

「変わったお客様というと？」

神谷は店員を促した。

「数日前に、中年の男の人と女子高生っぽい女の人がお店にいらっしゃいました」

「女子高生っぽい？」

神谷は鸚鵡返しに訊ねた。

「ええ。私服だったのではっきりとは言えないのですが、ウチのクラスが、と言っているのが聞こえたので学生なのは間違いありません」

「父親と中学生の娘という可能性もありますよね？」

三田村が口を挟んだ。

「大人っぽい女の子で、中学生には見えませんでした。最初は、親子かな、と私も思ったんですけど……」

　店員が言い淀んだ。

「言いづらいことかもしれませんが、捜査にご協力ください」

　神谷はふたたび促した。

「男のお客様は、数ヵ月前にも別の女子高生っぽい女の子とお店にいらっしゃいました。もしかしたら娘さんが二人いるのかもしれませんが、親子という雰囲気でもなかったので……」

　店員が眼を伏せた。

「援助交際みたいな関係ですか？」

　神谷は踏み込んだ質問をした。

「いえ……どうでしょう……」

　店員が困惑した顔で言葉を濁した。

「その中年男性は、シュシュとクマのキーホルダーを購入しましたか？」

　神谷は質問を変えた。

「シュシュとキーホルダーの組み合わせは日に数十セット売れる当店の人気商品なので、そのお客様が購入されたかどうかまではちょっと……」

「数日前に来店というのは、正確にはいつかわかりますか？」

「三日前だったと思います。ちょうどそのときに、地震が起こったので覚えています」

「防犯カメラを見せて頂きたいのですが？」

　神谷は言った。

「防犯カメラですか？」

店員が訝しげに訊ねてきた。

「ええ。その男性客が来店しているときの映像を確認させてください」

女子高生らしき少女と店を訪れて、シュシュとクマのキーホルダーを購入した中年男性――神谷のレーダーが反応した。

「私では決められないので、上司に確認の電話を入れてもいいですか？」

伺いを立ててきた店員に、神谷は頷いた。

☆

警視庁刑事部捜査一課――デスクチェアに並んで座った神谷と三田村は、ノートパソコンのディスプレイを食い入るようにみつめていた。

「これじゃ、容姿どころか年齢もわからないっすね～」

三田村が投げやりな口調で言った。

「いろ色」の防犯カメラの約三分の映像のほとんどは、男女の後ろ姿しか映っていなかった。

一瞬、後ろ斜めからの角度で映ったが、キャップを目深に被りマスクをつけているので顔まではわからなかった。

唯一わかるのは、スタジアムジャンパー越しの中年男の体型が中肉中背ということだった。

「まあ、男がおっさんで女の子との関係が父娘じゃないってのはわかり……」

「これじゃ、おっさんの背中を見てるだけじゃねえか！」

三田村の声を、神谷の怒声が掻き消した。

「でも、このエンコーおやじが事件にかかわってる可能性が高いってことがわかっただけでも収穫っすよ」

三田村が、神谷を慰めるように言った。

「おっさんがシュシュとクマのキーホルダーを女の子と買っていたからって、事件にかかわってると考えるのは早計だ。お前も聞いただろう？　渋谷の店だけで日に数十個も売れている商品だ。何千人が買ってると思ってるんだ？　事件現場に落ちてたからって、何千分の一の確率だ。くそったれが！」

神谷はデスクに拳を叩きつけた。

「だけど、このエンコーおやじはどうも匂いますね」

三田村が言った。

「ああ、それは俺も同感だ。店員に、また来店したらメンバーズカードを作らせるか、無理でも防犯カメラに顔が映るように誘導してほしいと指示してあるからな」

「きますかね？」

「さあな。だが、違う少女を連れて二度も来店したロリコン野郎だ。二度あることは三度ある……だ。まあ、とにかく、いまはほかを当たるしかねえよ。ところで、あのアメリカかぶれのおっさんから、なにか連絡は入ったか？」

神谷は思い出したように訊ねた。

三人目の被害者……石井信助が殺害される前日に会っていたつむぎという女子大生と連絡が取れたら、神谷か三田村にポールが電話をする約束だった。

「アメリカかぶれ……ああ、ポールとかいうイタイおっさんですよね？　そう言えば、まだ連絡がないっすね。つむぎって女子大生が捕まらないんですかね？」

「捕まらないのか捕まえないのか……」

神谷は腕組みをして、呟いた。

「なにをぶつぶつ言ってるん……」

「スマホを出せ」

神谷が三田村を遮り、右手を差し出した。

「え？」

三田村が怪訝な顔で、上着のポケットからスマートフォンを出した。

「『トキメキ倶楽部』に登録しろ」

「俺がマッチングアプリに登録するんすか⁉」

三田村が素頓狂な声を上げた。

「ああ。登録して、つむぎにメッセージを送ってパパになるんだ」

「え⁉　パパ⁉」

三田村が大声を張り上げた。

「そうだ。つむぎを誘《おび》き寄せるんだ」

「そんなに、うまく行きますかね？」

「好条件を提示すれば、必ず出てくるさ」

神谷はきっぱりと言った。

「好条件って、どのくらいの金額で釣りますか？」

三田村が訊ねてきた。

「マッチングアプリのパパ活ってやつの相場は、どのくらいなんだ?」

神谷は訊ね返した。

「単発の大人と月極《つきぎ》めがありますけど、つむぎの場合は……」

三田村が言葉を切り、スマートフォンを操作し始めた。

「ありました! つむぎと石井さんのメッセージのやり取りでは、ホ別ゴム有3となっています」

「そんな言いかたをするんじゃねえ! 普通に言え!」

神谷が振り回した右手を、三田村がスウェイバックで躱《かわ》した。

「そう何度も、自慢の髪型を崩させませんよ」

してやったりの表情で、三田村が言った。

「いいから、早く相場を教えろ!」

神谷は舌打ちをし、三田村を促した。

「ホテル代は別でコンドームを装着して三万円です」

「なら、十万って書けば確実に出てくるだろ?」

神谷が言うと、三田村が立てた人差し指を左右に振りながら舌を鳴らした。

「神谷さんは、わかってないですね~。高ければいいというもんじゃないんですよ。いきなり十万なんて提示したら、冷やかしだと思われてしまいますって」

三田村が呆れたように言った。

「じゃあ、いくらにすりゃいいんだ?」

神谷が気色ばんだ。

「そうですね……五万くらいが、リアリティがあってちょうどいいと思います」

「えらそうにっ。なんでもいいから、プロフィールを作って早く登録しろ」

神谷は吐き捨てた。

「はいはい、ＳＮＳは若者に任せてくださぃ……うぁ！」

茶化すように言う三田村の座るデスクチェアの脚を、神谷は蹴りつけた。

キャスターでデスクチェアが、二メートルほど移動した。

「まったく……プロフィールを作ってるんですから、邪魔しないでくださいよ～」

座ったまま元の場所に戻りながら、三田村が文句を言った。

神谷は腕組みをして、デスクに両足を投げ出した。

現在までに「粗大ごみ連続殺人事件」でわかっていることは、四人の被害者の遺体が殺害現場とは別の防犯カメラのないごみ置き場に遺棄されていたこと、一人目と三人目の被害者の遺体は唇が切り落とされ、二人目と四人目の被害者の遺体は十指が切り落とされていたこと、四体の遺体の額に「有料粗大ごみ処理券」が貼ってあること、四人目の遺棄現場のマンションのエントランスにシュシュとクマのキーホルダーが落ちていたこと、そして、四人の被害者すべてが老害による罪を糾弾していたことだ。

粗大ごみ置き場に遺体を遺棄することや、遺体の額に「有料粗大ごみ処理券」が貼ってあることについては殺害動機と無関係に思えた。

気になるのは、被害者が揃って「老害問題」を口にしていたことだ。

単なる偶然にしては、老害というテーマは偏り過ぎていた。

だが、「老害問題」を口にしたことでそれが殺害の動機になるとは思えない。

考えれば考えるほどに、「粗大ごみ連続殺人事件」は謎に満ちていた。

「できました！　これでどうっすか⁉」

三田村の大声に、神谷は目まぐるしく巡らせていた思考を止めた。

目の前に差し出されたスマートフォンを神谷は受け取った。

野中
27歳　東京都杉並区

自己紹介

ＩＴ系の会社を経営しています。

詳細情報

外見
身長　178センチ
スタイル　筋肉質

職種　学歴
ＩＴ関連

性格　その他
性格　面白い
お酒　少し
暇な時間　女性に合わせる
同居人　一人暮らし

希望する女性のタイプ
年齢　10代～
スタイル　気にしない

「なんだ、おまえ、やけに慣れてるじゃねえか？　マッチングアプリをやってたんじゃねえのか？」

神谷は三田村が作ったプロフィールを読みながら言った。

「冗談はやめてください。マッチングアプリに頼らなくても、俺はモテますから！」

三田村が胸を張った。

「ハッタリはいいから、さっさとつむぎに送るメッセージを作れや！」

神谷はスマートフォンを三田村に返しながら言った。

「まったく、人使いが荒いんだから……」

文句を言いながら、三田村がスマートフォンを受け取った。

五分もかからないうちに、三田村がふたたび神谷にスマートフォンを差し出してきた。

「もうできたのか?」

神谷は、メッセージ欄に書かれた文面に視線を走らせた。


はじめまして!

野中と言います。

プロフィールを見て、素敵な方だなと思いメッセージさせて頂きました。

もしよろしければ、顔合わせをお願いします。

最初に、僕の条件を伝えます。

顔合わせはカフェ2、食事3、大人は5です。

複数の方ではなく、一人の方への支援を考えています。

ちなみに毎年、税金を一億納めています。

ご連絡、お待ちしてます。


「なーにが、ちなみに毎年、税金を一億納めています、だ。お前は、詐欺師の素質ありだな」

神谷は、呆れたように言った。

「詐欺師扱いするなんて、ひどいっすよ。さりげなく、年収二億ってところを匂わせるのがポイントです。ここに登録しているような女性の心を動かすのは、一にも二にも金ですから」

三田村が、したり顔で言った。

「マッチングアプリの能書きなんて垂れてねえで、さっさとメッセージを送れや」

神谷は、三田村のスマートフォンを手渡しながら言った。

「ちょっと待ってください」

三田村がスマートフォンをinカメラにして、髪型を手櫛で整え始めた。

「なにやってんだ？」

神谷は訝しげに訊ねた。

「写真を撮ってください」

三田村が、神谷にスマートフォンを渡しつつ言った。

「写真？　なんでだよ？」

「つむぎに送るためですよ。僕はプロフィールに写真を載せてませんからね。いくら金額の条件がよくても、顔もわからない相手と会おうとは思いませんからね」

「自分で撮ればいいじゃねえか」

「自撮りはナルシストのイメージがあって、女性会員に評判が悪いんですよ。まったく、神谷さんはなんにも知らないんすね」

三田村が肩を竦めた。

「一人で悦に入ってねえで、マスクをつけろ」

神谷は、三田村に命じた。

「マスクなんてつけたら、このイケメンが……」

「馬鹿野郎っ。素顔丸出しじゃ、ポールが見たら一発でバレるじゃねえか！」

神谷が一喝すると、慌てて三田村がマスクをつけた。

経営者のポールが、会員のメッセージのやり取りを読んでいても不思議ではない。

「マスクをつけましたよ！」

「三分後に撮ってやる」

神谷は言いながら、デスクチェアから立ち上がった。

「え？　なんで三分後……」

神谷の右の平手が、三田村の頭をはたいた。

「自慢の七三を整える時間だ」

神谷は前歯を剝《む》き出してニッと笑い、デスクチェアに腰を戻した。

9

パソコンテーブルに載ったスマートフォンが震えた。

ソファの背凭《せもた》れに身を預けた朝陽は、ディスプレイに視線を落とした。

表示された、パパ、の文字を虚《うつ》ろな瞳でみつめた。

着信履歴には父から、二十件以上の不在着信が入っていた。

ＬＩＮＥも同じくらいの着信があった。

父が心配するのも無理はなかった。

昨夜帰宅した朝陽は自室に籠り、ドアをノックする父に疲れているからと顔を見せることをしなかった。

今朝も鉢合わせしないように、父が起床する前に家を出てきたのだ。

朝陽はスマートフォンのデジタル時計に視線を移した。

ＰＭ６：05
昨夜から、父と顔を合わせていなかった……合わせられなかった。

――僕、ヴァージンと嵌め撮りするのが夢だったんだよね～。

スマートフォンを構えながら朝陽に覆い被さってくる三宅……昨日の悪夢が脳裏に蘇った。

――若葉ちゃんの、初めての男になってあげるよ！　ヴァージンを頂きまーす！

「いやっ……」


朝陽は眼を開けた。

額にはびっしりと玉の汗が浮いていた。

悪夢……そう、悪い夢であってほしかった。

だが……。

両腕の爪痕と太腿の内出血が、昨日の出来事が夢ではなく現実だと語っていた。

病院に行くべきだとわかっていたが、勇気が出なかった。

どちらにしても、ネットで調べた情報によれば妊娠の有無は三週間が過ぎなければわからない。

受け入れられるはずがない。

あんな獣に汚された事実を……。


――若葉警察家族にチクる、スマホのオマンコムービーネットに拡散、オーイェアー！

――若葉オマンコムービー拡散一生の汚点人生赤点、家族陰口叩かれ世間に叩かれ身の破滅、鬼滅は印税天国若葉と家族は中傷地獄、オーイェアー！

ふたたび脳裏に蘇る悍《おぞ》ましい三宅のラップ調の脅迫が、朝陽の前腕を鳥肌で埋め尽くした。

もし、あんな動画をＳＮＳで流されてしまったら……。

考えただけで、喉が干上がり膝が震えた。

とても、生きていく自信はなかった。

朝の八時から渋谷のネットカフェに入り、既に十時間以上が過ぎた。

その間、朝陽は銅像のように同じ体勢で座っていた。

なにをやる気にもなれなかった。

トイレに行くのも億劫《おっくう》だった。

昨夜から、水しか飲んでいなかった。

朝陽は、生気を失った瞳をパソコンテーブルに置かれた花瓶の花に向けた。

白い花びらは茶に変色し、花弁が下を向いていた。

萎《しお》れた花を見ていると、いまの自分を見ているようだった。

生きるのがつらかった。

数日前までは、そんな思いが頭を過《よぎ》ることはなかった。

テーブルのスタンドミラー……少女と眼が合い、朝陽は息を呑んだ。

泣き腫らした瞼、ガラス玉のような瞳、色濃く張り付いた隈……これが自分なのか？

朝陽は変わり果てた己の姿に愕然《がくぜん》とした。

醜悪な姿を見たくなくて、朝陽は眼を閉じた。

そう、いまの自分は醜く汚れていた。

いま頃、父は心配しているだろう。

スマートフォンに伸ばしかけた手を、朝陽は思い直して止めた。

父と、どんな顔をして会えばいいのか？

獣に汚されてしまった身体で、会えるわけがなかった。

いっそのこと、死んでしまったほうがどんなに……。

不意に、楓の顔が脳裏に浮かんだ。

楓も、同じような目にあったに違いない。

楓が朝陽や家に連絡をしないのではなく、連絡ができないのではないのか？

朝陽と同じような目にあったあと、昨日行った店で無理やり働かされているのではないのか？

朝陽はスマートフォンを手に取り、父の番号を呼び出した。

通話アイコンをタップしようとした指を、朝陽は宙で止めた。

なんて説明すればいい？

いままでは楓がマッチングアプリに登録していることが親にバレないように、言わなかった。

だが、いまは違う。

楓のことを話せば三宅に捜査の手が伸び、朝陽がレイプされたことがバレてしまうかもしれない。

どうしたらいい？　どうしたら……。

掌の中で、スマートフォンが震えた。

M——ディスプレイに表示された文字を見て、朝陽は青褪《あおざ》めた。

――Mで登録しとくからさ。僕が電話したら出るんだよ。居留守なんて使ったら、全国に若葉ちゃんのおまんこ動画を拡散するからね。


記憶の中の三宅の声に背を押されるように、朝陽は通話アイコンをタップした。

『ハロハロ～！　三宅君だよ～。電話に出ないかと心配しちゃったよ』

受話口から流れてくる人を食ったような三宅の声が、朝陽の皮膚に浮く鳥肌の面積を広げた。

朝陽は、嫌悪と恐怖で声を出すことができなかった。

『あれ？　どうしちゃったの？　電話に出ても喋らなきゃ意味なくない？　ハロハロ～？　若葉ちゃ～ん？　ハロハロ～？　若葉ちゃ～ん？』

三宅が、執拗《しつよう》に朝陽の偽名を繰り返した。

「……なんですか？」

朝陽は、震える掠れ声を送話口に送り込んだ。

『なんですか？　オ～イェ～。電話をかけた理由は若葉ちゃんと会いたいエッチをしたい若葉ちゃんの顔をみたいおっぱいみたい、オ～イェア～』

朝陽は弾かれたようにスマートフォンを耳から離した。

『ハロハロ～？　若葉ちゃ～ん？　ハロハロ～？　若葉ちゃ～ん？』

「もう、やめてください！　警察に通報しますよ！」

朝陽は思わず叫んでいた。それでも、三宅を刺激しないよう丁寧な口調だった。

『おやおや？　忘れたのかな？　若葉ちゃんのおまんこ動画がSNSで拡散されてもいいのかな？』

三宅の下卑た笑い声が、朝陽の恐怖心を煽《あお》った。

『若葉ちゃんの気持ちもわかるから、こうしよう。きてくれたら、ミミちゃんと会わせてあげるからさ』

「そんなこと……信じられません」

朝陽は強張った声で言った。

『わかる、わかるよ、その気持ち。じゃあ、明日、最初にどこかのカフェにミミちゃんを連れて行くよ。カフェも若葉ちゃんが決めていいから。それなら、いいよね？』

朝陽は、めまぐるしく思考を回転させた。

楓と先に会うことができて、待ち合わせ場所も朝陽が選べる。

昨日は、三宅を信じてラウンジについて行ったのが失敗だった。

渋谷のスクランブル交差点近くのカフェなら、三宅もおかしな真似はできないだろう。

だが……。

頭ではわかっていても、心が拒否していた。

頭ではわかっていても、身体が覚えていた。

獣に凌辱《りょうじょく》された悪夢を……。

『どうする？　若葉ちゃんが選んでいいよ。僕の提案を呑んでカフェでミミちゃんと会うか、断っておまんこ動画を……』

「会います！　場所は私が選びます！　明日の何時ですか？」

朝陽は、三宅を大声で遮り訊ねた。

これ以上、三宅の薄汚い言葉を耳に入れたくはなかった。

『そうこなくっちゃね。賢明な判断だよ。あんな動画が世に出回ったら、将来、生まれてくる子供が地獄を見ることになるからさ。明日の六時にしよう。場所が決まったら、知らせて。あ、変な気を起こさないように。警察に通報したり誰かを連れてきたりしたら……言わなくても、わかってるよね？』

三宅が遠回しに、朝陽を恫喝してきた。

「そんなことしません」

嘘ではなかった。

したくても、できるわけがなかった。

『それならいい……』

「でも、昨日みたいに嘘を吐いたら動画を拡散されても警察に通報します！」

朝陽は一方的に言うと電話を切った。

強がりではなく、本気だった。

ふたたび獣に会うと決意したのは、楓を救出するためだった。

楓の件がなければ、命を絶っていただろう。

スマートフォンが震えた。

ディスプレイに表示されるMの文字を、朝陽は憎悪に燃え立つ瞳でみつめた。

強くならなければ……。

恐怖と絶望に囚われている場合ではない。

楓を救うために、強くならなければ……。

朝陽は、心で固く誓った。

10

コール音が五回、六回、七回と虚しく鳴り響いた。

刑事部捜査一課のデスクチェアに座った神谷は、右足で激しい貧乏ゆすりをしていた。

「なにやってるんだ！　早く出ろ！」

神谷はスマートフォンを耳に当てたまま、いらだちに声を荒らげた。

コール音が十回を超えても、朝陽は出なかった。

「そんなに心配しないでも大丈夫ですよ」

隣のデスクでかつ丼をかき込みながら、三田村が呑気《のんき》な声で言った。

「馬鹿野郎！　昨日の夜に帰ってきてから顔も合わせてないし、ＬＩＮＥを十数本送っても返信がないんだよ！」

神谷はリダイヤルのアイコンをタップしながら、三田村に怒声を浴びせた。

「朝陽ちゃんはもう十七でしょう？　そりゃあ、父親に連絡を取れない理由の一つや二つくらい……」

「俺に連絡を取れない理由ってなんだ⁉　おお！　こら！　ぶっ殺すぞ！」

神谷は椅子に座ったまま、かつ丼をかき込む三田村の胸倉を鬼の形相《ぎょうそう》で摑んだ。丼の中身が、三田村の膝の上に零《こぼ》れた。

「ちょっ……神谷さ……ん。苦しい……放して……くだ……さい……」

三田村の白い肌が、みるみる紅潮した。

「おい、神谷、やめろ」

細身の身体に纏《まと》った濃紺のスリーピース、整髪料で固めた一糸乱れぬ七三、ノーフレイムの眼鏡の奥の陰険そうな眼——捜査一課長の田所《たどころ》が、渋い顔で歩み寄ってきた。

神谷は舌を鳴らし、三田村の胸倉から手を離した。

四十七歳の神谷と、七つ年下の警視正は反りが合わなかった。

叩き上げの現場主義の神谷と典型的なキャリアエリートの田所は水と油だった。

「君は、どうしてすぐに手が出る？　暴力はだめだと、何度言ったらわかるんだ？　それに今度の事件だって、帳場にはほとんど行ってないようだが」

田所が苦虫を嚙み潰したような顔で言った。

「部下の教育だよ。三田村は俺といたほうが成長できる」

神谷はデスクに両足を乗せ、吐き捨てた。

「もう、いい加減にしてくれ。これまで、君がホシを過剰に殴り過ぎたり容疑者に暴言を吐いたりしたことで、私がどれだけ尻拭いをしてきたと思っている？」

田所が、神谷にうんざりした顔を向けた。

「取調室で薄笑いを浮かべているレイプ殺人犯の前歯を折ったり、抵抗する強盗殺人犯の肋骨《ろっこつ》を折るのは当然だと思うがな」

神谷が、田所を小馬鹿にしたように言った。

「神谷君！　君は、私の足をどれだけ引っ張れば気が済むんだ！」

田所が目尻を吊り上げ、ヒステリックな声で神谷に詰め寄ってきた。

「出世しか頭にない警視正様には、わからねえだろうな～」

神谷は鼻をほじりながら言った。

「か、神谷さん……いくらなんでも、課長にその態度はまずいっすよ」

三田村が、強張った顔で神谷を諌《いさ》めた。

「その通りだ！　誰が誰に物を言ってるんだ⁉」

田所が血相を変えて詰め寄ってきた。

「俺が間違っていることを言ったか？　犯罪者を反省させる。人間として当然のことをした俺が、課長の足を引っ張るっつうのはどういう意味だ？　あ？」

神谷は態度を改めるどころか、田所を挑発した。

「君は、開き直るつもりか⁉」

田所の血相が変わった。

「か、か、神谷さん……か、課長に、謝ってください」

三田村が慌てふためき、神谷を促してきた。

「は？　どうして俺が謝らなきゃならないんだ？　逆に、警視総監賞でも貰いたいくらいだ」

神谷は嘯《うそぶ》いた。

「黙って言わせておけば……」

「課長！」

田所の言葉を、部屋に駆け込んできた警部補の宮根《みやね》が遮った。

「どうした？　そんなに慌てて？」

「捜査一課宛ての小包ですが……」

青褪めた宮根が、二十センチ四方の桐の箱を差し出してきた。

「小包がどうした……なんだ、これは！」

田所が、受け取った桐の箱を三田村のデスクに放り投げた。

「そんな大声出してびっくりするじゃ……うあっ！」

桐の箱を覗《のぞ》き込んだ三田村が、田所以上の大声を上げた。

「ぎゃあぎゃあ、うるせえよ！　なにが入って……」

神谷は、言葉の続きを吞み込んだ。

田所と三田村が、大声を出したのも無理はない。

神谷の凍《い》てつく視線の先——切り取られた乳房に貼られた、「粗大ごみ処理券」。

乳輪に大きな黒子《ほくろ》があるのが印象的だった。

「送り主は⁉」

神谷は宮根に視線を移した。

「でたらめだと思いますが」

宮根が桐の箱が入っていた段ボール箱から引き剝がした送り状を、神谷に差し出してきた。

「山田太郎、港区南青山……たしかに、でたらめっぽいな」

送り主と住所を読み上げながら、神谷は言った。

「渋谷宮益坂の、コンビニエンスストアから送ってるようだな」

神谷は送り状を見ながら呟いた。

「粗大ごみシールが貼ってあるってことは、送り主は『粗大ごみ連続殺人事件』の犯人ってことですか⁉」

三田村が興奮気味に訊ねてきた。

「模倣犯の可能性が高いな」

神谷は桐の箱の中の、切り取られた乳房を見据えながら言った。

「模倣犯ですか？」

三田村が、怪訝な表情で繰り返した。

「ああ。『粗大ごみ連続殺人事件』の犯人とはやり口が違う。奴らの犯行ルーティンはごみ置き場に死体を遺棄すること、死体の額に『粗大ごみ処理券』を貼ること、死体の唇か十指を削ぎ落とすことだ」

「でも、粗大ごみシールが貼ってありますよ？　新しいルーティンじゃないんですか？」

三田村が切り取られた乳房から、顔を逸らしながら言った。

「唇と十指を削ぎ落とすのは、なにかのメッセージだ。五人目に急に手口を変えるのは不自然だ」

すかさず神谷は否定した。

「我々にたいしての、挑戦状ということもあるだろう⁉」

田所が苛立《いらだ》たしげに口を挟んだ。

「警察への挑戦状という意味なら、過去の四体の死体が立派な挑戦状だ。いまさらまったく違う方法で警察を挑発するメリットが、連続殺人犯にはない。むしろ、これまでの自分の〝作品〟を否定することにもなる」

神谷はふたたび否定した。

「あくまで君は、連日メディアを騒がせている連続殺人犯に乗っかった模倣犯の仕業《しわざ》だと言いたいのか⁉」

田所が、ムッとした口調で訊ねた。

「そうだな。ただし、単に有名犯の真似をしたかったのか、それとも自己主張したかったのか」

この小包の送り主は、単なる愉快犯ではない――神谷の勘がそう告げていた。

「自己主張？　どういう意味だ？」

田所が質問を重ねた。

「自分をアピールすることだよ！　東大卒のくせに、そんなことも知らねえのか？」

神谷は鼻で笑った。

「神谷さん！」

三田村が、強張った顔を神谷に向けた。

「なっ……私を馬鹿にしてるのか！　私が訊いているのは、模倣犯がどうして自己主張する必要があるのかってことだ！」

田所が声を裏返し、ヒステリックな声で捲し立てた。

「俺のほうが凄いってことを、アピってんのかもしれねえな」

「なんのためにアピールする⁉」

「そんなこと最初からわかってりゃ、警察はいらねえんだよ！」

神谷は田所に吐き捨て、立ち上がった。

「貴様っ、いい加減に……」

「行くぞ！」

神谷が田所を遮り、三田村に命じた。

「どこに行くんですか？」

三田村が怪訝な顔で腰を上げた。

「おっぱいが持ち込まれた宮益坂のコンビニだ。警視正様みてえにデスクにふんぞり返ってても、事件は解決できねえからよ」

神谷は皮肉を残し、捜査一課の部屋を出た。

☆

渋谷のホテルのカフェラウンジ——神谷は氷だけになったアイスコーヒーをストローで吸い上げながら、ラウンジの出入り口に眼をやった。

約束の七時になっても、つむぎは現れなかった。

テーブルの上で、スマートフォンが震えた。

ドタキャンかもしれないですね

右斜め前のテーブルにいる三田村からのＬＩＮＥの着信だった。

宮益坂のコンビニエンスストアに、切り取られた乳房を送りつけてきた送付主の情報を得るために向かっている途中で、つむぎからの返信が三田村に入った。

コンビニエンスストアに小包を持ち込んだのは三十代から四十代と思しき、中肉中背の男性だったという。

店員の話では中年男性はニット帽を被りマスクをつけていたので、顔はわからなかったらしい。

防犯カメラの映像でも顔は確認できず、中肉中背の中年男性ということしかわからなかった。


決めつけるな。女は待ち合わせに遅れるもんだ。


三田村にそう返信したが、内心、神谷も懸念していた。

つむぎが、三田村との顔合わせをすっぽかすのではないかと。

それにしても、あの切り取られた乳房を送り付けてきたのは誰か？

被害者女性は、殺害された可能性が高い。

だとすれば、遺体はどこに？

犯人が捜査一課に送り付けてきた目的は？

「粗大ごみ殺人事件」の連続殺人犯でないにしても、まったくの無関係なのか？

「野中さんですか？」

三田村の偽名を呼ぶ女性の声に、神谷は首を巡らせた。

黒髪のロングヘアの長身の女性が、三田村の前に立っていた。

「つむぎさんですか？」

「はい。遅れてしまってごめんなさい」

つむぎが頭を下げた。

「とりあえず、座ってください」

三田村がつむぎを席に促した。

「女子大生にしては、大人っぽいですね」

三田村が言うように、つむぎには大人びた雰囲気があった。

「小さい頃から、大人に囲まれた環境で育ちましたから」

つむぎが笑顔で答えた。

「大人に囲まれた環境ですか?」

「ええ。私、六歳まで子役をやっていたんです」

「やっぱり、どこか垢《あか》抜けた方だと思いました」

「そんな、私なんて全然です」

つむぎは謙遜しているものの、言葉とは裏腹に当然、といった顔をしていた。

「つむぎさんは、通訳になるためのイギリス留学のお金を支援してくれる人を探しているんですよね?」

三田村が訊ねた。

「あ、イギリス留学は嘘です」

つむぎが、あっけらかんと言った。

「嘘⁉」

三田村が驚いた顔で繰り返した。

「はい。洋服を買ったり、美味《おい》しい物食べたり、旅行したり。やりたいことをやるには、お金がかかるんです。だから、良質な太パパを探しています」

つむぎが、なんのためらいもなく言った。

相当に肚《はら》の据わった女だ。

「良質な太パパ？」

「ええ。月極めで三十万以上くれて、月1で満足してくれるパパです。最悪なのは、払ったぶんを取り戻そうと月に何度もセックスしようとする強欲パパです」

淡々と語るつむぎに、明らかに三田村は引いていた。

茶番劇は終わりだ。

「石井信助さんは、良質な太パパになれそうでしたか？」

神谷は口を挟みながら、三田村の隣に座った。

つむぎが、驚いた顔を神谷に向けた。

「あの……誰ですか？」

困惑した表情で、つむぎが神谷に訊ねてきた。

「私、こういうものです」

神谷は警察手帳を、つむぎの顔前に突きつけた。

「野中さん、どういうことですか⁉」

つむぎが、三田村に気色ばんだ顔を向けた。

「じつは僕達、君が食事した石井信助さんが殺害された事件を捜査しているんだよ」

三田村が、バツが悪そうに言った。

「騙したんですか⁉」

つむぎが、三田村に咎《とが》める口調で訊ねた。

「すみません。結果的にはそうなってしまいます。でも、捜査の一環なのでご理解ください」

三田村がつむぎに頭を下げた。

「私には関係ありません」

つむぎはにべもなく言うと、腰を上げた。

「その非協力的な態度は、感心しねえな。容疑者としてあんたを見なければならなくなるぜ」

神谷はつむぎを見上げ、押し殺した声で言った。

「容疑者……どうして私が容疑者になるんですか⁉」

つむぎが血相を変えた。

「あんたとマッチングアプリでパパ候補として会った翌日に、石井さんは殺されているんだ。事件と無関係なら、進んで捜査に協力するはずだ。この状況で捜査に協力しないということは、あんたに疚しいことがあるからだ。さあ、どうする？　このまま帰って容疑者となるか、捜査に協力して疑いを晴らすか？　好きに決めていいぞ」

神谷が突き放すように言うと、つむぎが強張った顔で腰を下ろした。

「わかってくれたようだな。早速だが、石井さんはあんたのいわゆるパパだったのか？」

神谷は単刀直入に訊ねた。

「石井さんとは、顔合わせの一回しか会ってません。いいパパを紹介するって言われたから期待してたんですけど」

つむぎが、不満そうに言った。

「誰に言われたんだ？」

神谷は質問を重ねた。

「ポールさんです」

つむぎの言葉に、神谷と三田村は顔を見合わせた。

神谷の脳裏に、アメリカドラマの日本語吹き替えさながらのイントネーションで喋る下膨れ顔が蘇った。

「ポールって、運営の人？」

神谷が訊くと、つむぎが頷いた。

「運営の人が女性登録者に特定の男性を勧めることは、よくあるんですか？」

神谷の疑問を、三田村が代弁した。

「さあ、ほかの人のことは知りません。あ、そう言えば、ポールさんと石井さんは知り合いみたいです」

つむぎが、思い出したように言った。

「知り合い⁉」

神谷は大声を出し、身を乗り出した
ポールという男は、そんなことは一言も言わなかった。

石井のことだけではなく、つむぎとも話したことがないと言っていた。

つむぎの話が本当なら、どうしてポールはそんな嘘を吐いたのか？

「はい。そう言ってました」

「どんな知り合いだ⁉」

間を置かずに、神谷は質問した。

「そこまで聞いてないです。ただ、知り合いに良質な太パパ候補がいるから私のことを推薦してくれるって……こんなことになるなら、顔合わせなんてしなきゃよかった」

つむぎが、半泣き顔になった。

「石井さんとは、どんな会話をした？　トラブルに巻き込まれているとか、誰かに脅されているとか、女と揉めているとか……なにか、言ってなかったか？」

「そんな話、聞いてません。好きな体位、フェラは得意か？　クリ派か中派か？　おもちゃは使っていいか？　大人をすることしか、頭にない人だったから」

つむぎが、アスファルトの吐瀉物《としゃぶつ》を見たときのような顰《しか》めた顔で吐き捨てた。

「じゃあ、ポールさんとはどんな会話をしたんだ？」

神谷は質問を変えた。

ポールは、なにかが匂う。

石井と知り合いだったという情報だけが理由ではなく、最初に会ったときから胡散臭《うさんくさ》い男だった。

「なにも話してません。石井さんのときも、いきなり電話がかかってきて言われただけですから。もう、帰ってもいいですか？」

「ああ。その代わり、連絡したらすぐに電話に出ろよ。ここにかけろ」

神谷はスマートフォンをつむぎの前に置いた。

ディスプレイには、神谷の電話番号が表示されていた。

「刑事だからって、どうしてそんなに偉そうなんですか⁉　私は犯人じゃないんですよ！」

つむぎが、鬱積した不満をぶつけてきた。

「そうですよ。つむぎさんは捜査に協力してくれているのに、当たりが強過ぎますよ」

三田村がつむぎを擁護した。

「お前は黙ってろ！　おい、姉ちゃん。俺があんたに厳しく当たるのは事件とは関係ねえ。父親ほども年の離れた男に身体を売って楽に金を稼ごうとする、その腐った性根が許せねえのさ。娘を持つ父親として言わせて貰うが、パパ活なんてやめろ！　金がほしいなら、汗水垂らして働け！　将来、てめえの娘が同じことをしたら、よくやったと褒めてやるつもり……」

神谷の熱の籠った叱咤《しった》の声を遮るように、つむぎが右手を出した。

「なんだよ？」

「顔合わせの二万をください」

つむぎが、表情を変えずに言った。

「はぁ⁉　お前、刑事からカツアゲするつもりか⁉」

神谷は眼を剝いた。

「カツアゲなんて、人聞きの悪いこと言わないでください。私は、正当なお金を要求しているだけです。捜査にも協力したんですから、上乗せして貰いたいくらい……」

「これで十分だ！」

神谷は五千円札をテーブルに叩きつけ、立ち上がった。

「なんですかこれ⁉　全然足りません！」

「勘違いするな。お茶代引いた残りがお前のぶんだ。ここの会計、払っておけよ」

神谷は言い残し、出口に向かった。

「ちょっと、ふざけないでよ！」

つむぎの声を振り切るように、神谷はカフェラウンジを出た。

「待ってくださいっ。どこに行くんですか⁉」

神谷のあとを追いかけながら、三田村が訊ねてきた。

「アメリカかぶれの佐藤大作のところに、決まってんだろ！　急ぐぞ！」

神谷は吐き捨て、鬼の形相でホテルを飛び出した。

11

『老害、老害って若者が言うけどさ、僕はちょっと違うと思うな〜。親を殺す高校生、アルコールにセックスドラッグを盛り、女性をレイプする大学生、少女に性的悪戯をするサラリーマン……若者にも、害虫みたいな奴らは大勢いるわけでさ。年を取ってるだけで害悪と決めつける風潮はナンセンスだよ〜。女性蔑視発言する政治家やスポーツ選手ＯＢを老害だと言ったりしてるけど、ぶっちゃけ、若者も悪口言うよね〜。あ、それから僕は若者でも老人でもない四十五歳なんだけど、同世代にも害虫は一杯いるよ〜。だからね、僕が言いたいのは世代を問わず益虫も害虫もいるってことさ』

「いっぽーん！　この若者は素晴らしい！　わしの言いたいことを、すべて言ってくれた！　いやいや、お見事一本！」

赤坂のタワーマンションのペントハウス――三十畳のリビングルームにＵ字型に設置されたソファに座る俵 良助《たわらりょうすけ》が、テーブル上のパソコンで流されるＹｏｕＴｕｂｅに向かって満面の笑みで手を叩いた。

白髪《しらが》の坊主頭、猪首《いくび》、分厚い胸板、丸太のような両腕……七十八歳の俵は、元柔道五輪金メダリストだ。

俵の柔道で培った人脈は警察庁から裏社会まで幅広く、盆暮れ時には警察庁長官と広域指定暴力団の組長から贈り物が届く。

「まったくだ！　俺らを老害扱いする大馬鹿者が多い中で、彼のような素晴らしい発言をする若者がいるとは、日本もまだまだ捨てたものじゃないな」

ロマンスグレイのオールバック、白い眉の下の鋭い眼光、ブルドッグさながらに垂れた頰、スーツのボタンを弾き飛ばしそうな太鼓腹……俵の隣に座る大善光三郎《だいぜんこうざぶろう》が、ブランデーグラスを掌で揺らしながら満足げに言った。

八十三歳の大善は総理大臣経験者であり、一昨年政界を引退するまでは与党の幹事長を務めていた。

議員バッジを外してからも大善は、政界のキングメーカーとして多大な影響力を誇っていた。いまでも重要案件の決定前には、時の首相を始めとする各大臣が揃って大善詣《もう》でをする。

「見込みのある若者じゃ。大日本帝国も、まだまだ捨てたもんじゃないのう。テレビジョンも、こういう若者を起用するべきじゃな」

白髪の七三、灌木《かんぼく》の樹皮のような乾燥した皺々《しわしわ》の肌、垂れ下がった上瞼の皮膚に覆われた瞳、童話に出てくる魔女のような鷲鼻《わしばな》……九十二歳の渡辺茂《わたなべしげる》が、高齢の老人特有の頭を小刻みに横に揺らしながら言った。

渡辺は震える手で赤ワインの入ったグラスを口もとに運んだ。

渡辺は日本最古の歴史を持つ三友《みつとも》財閥の流れを汲む三友商事グループの会長であり、三友ホテル、三友金属、三友銀行、三友ビルディング、三友新聞社、三友大学、三友大学病院などのグループ企業を傘下におさめる経済界のドンだ。

「おい、ポチ。このヨーチューブとやらに出ている若者はなんていう名だね？」

禿《は》げた頭頂、側頭部に残る白髪、グレーのちりめん生地の着流し、黒地に唐花《からはな》模様の角帯……

七十八歳、作家の岩田明水《いわためいすい》が老人達の給仕に動き回るポチに訊ねてきた。

岩田は日本文学史上最高の実売、六百万部のセールスを記録した不倫の物語『金沢兼六園』の原作者である。

ほかにもミリオンセラー作品を何作も刊行しており、歴史上に残る作家の一人だ。

四人の老人にポチと呼ばれている男を、唯一ポチと呼ばないのは、渡辺茂の息子であり三友商事の社長である満《みつる》だ。

六十八歳の満はポチの父だ。

といっても本妻の子ではなく妾腹なので、老人達に蔑《さげす》まれていいように使われていた。

「ポチ、なにか摘まみを持ってこんか！　気が利かんやっちゃのう！」

俵がウイスキーのロックグラスを掲げ、ポチに命じた。

「かしこまりました！」

「ポチ、ブランデーに合う摘まみも用意しろ！」

大善がブランデーグラスを掲げ、ポチに命じた。

「かしこまりました！」

「ポチ、わしはワインじゃからな！」

祖父が枯れ枝のような腕を震わせながら、ワイングラスを宙にかかげた。

「かしこまりました！」

ポチはキッチンとリビングを何往復もし、老人達の酒と摘まみを運んだ。

三友不動産のタワーマンションのペントハウスを本部とした「昭和殿堂会」が結成された五年前から、ポチは雑用係として参加していた。

会合は毎月最終土曜日の昼と決まっており、短いときで一時間、長いときで五時間を超えるときもあった。

会合の内容は、酒を呑みながら世の中や現役世代の者にたいしての愚痴と不満がほとんどだった。

五人は十分過ぎるほどに地位も名誉も金もあるが、現況に満足していなかった。

いまでも各々影響力を持っているが、表舞台から身を引いたのは事実だ。

強欲な彼らは余命が短くなってもなお、表舞台でスポットライトを浴びる者にたいしての嫉妬と憎悪で腸《はらわた》が煮え繰り返っているのだ。

とくに、現役世代が老害を口にしたときの激昂《げきこう》ぶりは凄まじかった。

老人達は脳梗塞になりそうなほどの太い血管を額に浮かび上がらせた鬼の形相で、入れ歯が外れるほどの罵詈雑言《ばりぞうごん》を「ごみ」に吐きつけるのだった。

そして今年に入ると、彼らはごみの「処理」をおこなうようになった……。

「彼はDと名乗り、五、六年前にゲームソフトの開発で財を成し、時代の寵児としてマスコミに大々的に取り上げられました。いまはゲーム業界からは離れ、『代弁者』と称してYouTubeを中心に活動しています。登録者数は一千万人を超え、広告収入だけで年収五億はゆうに超えているようです」

ポチが説明すると、老人達がどよめいた。

ヨーチューブという言い間違いを、岩田には敢《あ》えて指摘しなかった。

「五億だと！　小説だと、三百万部以上売れないとその金額には達しないぞ！　しかも小説の場合、完成するまでに推敲《すいこう》期間まで含めると数年がかりだ。こんなにだらだらと好きなことを喋っているだけで、ヨーチューブとやらはそんなに儲かるのか⁉」

岩田が興奮した口調で言った。

「はい。でも、毎日UPしなければなりませんし、編集やらなんやらで大変みたいですよ」

今回もポチは、ヨーチューブという岩田の言い間違いをスルーした。

「なるほど。ヨーチューブというのも、それなりに大変なんだな」

みたび、岩田が言い間違えた。

仏の顔も三度まで——もう、我慢の限界だった。

「あの……ヨーチューブでなくて、ユーチューブです」

怖々と、ポチは岩田の間違いを指摘した。

「は？　だから、なんだ？　ユとヨの間違いが、そんなに重要か？」

気色ばむ岩田を見て、ポチは早くも後悔した。

「あ、いえ、そういう意味ではなく……」

「ここに正座しろ」

岩田がポチを遮り、足元を指した。

「お気を悪くさせてしまったなら、申し訳ありません」

ポチは詫びながら、岩田の足元に正座した。

「人の揚げ足を取ってないで、自分の無能さをなんとかしたらどうだ⁉　この空っぽの頭をな！」

岩田は取り出した扇子で、ポチの頭頂を何度も叩いた。

「渡辺会長の孫だから会合に呼んでやってるが、本当は四流大卒の無能なお前なんぞ私と口を利くこともできない立場なのを忘れるな！　もしかして、ポチよ、お前、自分のことを人間だと思ってるんじゃないだろうな？　犬コロの分《ぶん》を弁《わきま》えて、人間と会話しようなんて思うんじゃない！」

岩田が最後に、扇子でポチの頬を叩いた。

ポチは奥歯を食い縛り、屈辱に耐えた。

老害達の寿命は、そう長くはない。
五、六年経てば、六十代の父以外は全員いなくなるはずだ。
その父も、そう長くはない。

十年もすれば死ぬまで行かなくても、耄碌《もうろく》して使い物にならなくなるだろう。

十年後、ポチはまだ五十代だ。

だが、十年もこの生き地獄に耐えるのは長過ぎる。

長老達が死んだら、父を社会的に葬るつもりだ。

父を刑務所送りにできるだけの材料はいくらでもあった。

もちろん、共犯であるポチも罪に問われてしまう。

だから、父を刑務所送りにする気はない。

摑んでいる弱味は、第一線から引かせるための切り札にするだけだ。

親子の暴露合戦になれば、ダメージが大きいのは失うものが多い父のほうだ。

父は要求を呑み、「昭和殿堂会」は完全に消滅する。

あと五、六年なら、なんとか我慢できる。

「おいおい、岩田先生。あんまりポチをイジめんでやってくれ。たしかにこいつはシェパードより使い物にならん役立たずじゃ。ポチに比べれば、柴犬のほうがまだ役に立つじゃろう。なんせ、満が娼婦に産ませた子じゃからな。競馬でたとえると、血統の悪い駄馬中の駄馬じゃて」

祖父が孫を愚弄しながら、キャビアがのった小さなパンケーキ……ブリニを口に運んだ。

手が震えているので、口の中に入る頃には半分以上のキャビアが床に落ちていた。

五十グラム十万円の高級キャビアなので、落ちたぶんだけでも五千円はするだろう。

棺桶に半分以上足を突っ込んでいる死にかけのジジイは、死臭を消すために防腐剤でも食ってろ。


ポチは毒づいた。

もちろん心で。


「渡辺会長。いくら能無しのポチでも、血統の悪い駄馬は言い過ぎですよ。せめて、ゴキブリほどの嫌悪感を与えることもできず、ヘビほどの恐怖感を与えることもできずに腐葉土を食いながら一生を終えるなんの取り柄もないミミズにしときましょうや」

大善がバカラのガラスボウルに盛られたドライフルーツを鷲掴みにして口の中に放り込みながらポチを侮辱すると、老人達が一斉に笑った。

汚職塗《まみ》れの強欲ジジイは、特捜に逮捕されて刑務所で病死しろ。

ポチは毒づいた。

もちろん心で。

「総理！　お見事いっぽーん！　わしも負けずに言わせて貰うなら、ポチは能書きばかりで役立たずの女みたいな奴だ！　ガアーッハッハッハ！」

俵が七百二十ミリの森伊蔵《もりいぞう》を瓶ごとラッパ飲みしながら、ポチを辱めて豪快に笑った。

汗臭くて小さな脳みその柔道馬鹿ジジイは、肝硬変で入院した病室で一本！　と叫びながらくたばれ。

ポチは毒づいた。

もちろん心で。

「俵選手、数ヵ月前に問題を起こしたばかりなのにあなたも懲りない人だ。役立たずの女みたいに、なんて表現したら世の女性陣に袋叩きにされますぞ。小説家として、私が手本をお見せしよう。ポチとかけて、カブトムシにドロップキックをするノミと解く。その心は……命懸けでなにかをやっても、気づいてもらえない存在が希薄で無価値な男」

岩田が自慢げに言うと、老人達から爆笑が沸き起こった。

作家じゃなかったら女にモテない偏屈ジジイは、男性週刊誌の袋綴《と》じ破きながらマスでもかいてろ。

ポチは毒づいた。

もちろん心で。

「いやいや、お恥ずかしい。さすが作家先生！　お見事！　いっぽーん！」

俵が岩田に向かって拍手をしながら、十八番《おはこ》の決め台詞《ぜりふ》を口にした。

「みなさん、息子をそのへんで勘弁してあげてください」

ロマンスグレイの七三頭にノーフレイムの眼鏡――父が、助け船を出すふりをして口を挟んできた。

「昭和殿堂会」の面子《メンツ》はろくでなしの老害ばかりだが、ある意味、父は一番質が悪かった。

本当に息子を庇《かば》う気持ちがあるなら、祖父に言われるがまま息子を下僕のように扱う「昭和殿堂会」に参加させたりはしない。

父の眼は、百パーセント祖父にしか向いていない。

三友商事の跡目を継ぐために、父は祖父には絶対服従の男だ。

父の興味は、祖父の顔色を窺い、媚《こ》び諂《へつら》うこと以外にないのだ。

「なんだ、満。家族じゃからと、無能なポチを庇うのは本人のためにならんぞ？　不細工な娘が芸能界に入りたいと言ったら真実を教えて止めるのが、偏差値三十五の息子が東大に入りたいと言ったら真実を教えて止めるのが親の愛じゃろう？」

祖父が孫を嘲《あざけ》りながら父に言った。

「たしかに、ウチの息子の出来はよくありません。普通は、顔がよくて勉強ができないとか、勉強はできないけど顔がいいとか、顔も悪くて勉強もできないけどスポーツが得意とか、なにか取り柄の一つはあるものです。でも、息子は頭も顔も運動神経も……おまけに性格も悪い四重苦です」

父の言葉に、この日一番の大爆笑がポチの鼓膜に突き刺さった――心に突き刺さった。

「どう褒めるかと思ったら、誰よりもきついダメだし！　息子を溺愛せずに愛の鞭《むち》を放つ満社長は親の鑑《かがみ》だ！　お見事！　はなまるいっぽーん！」

俵がよく通る野太い声で言いながら、父に向かって人差し指を向けた。

「そんな息子にも、人より優れていることがあります。それは、忍耐力です。『昭和殿堂会』に顔を出すようになって五年。どんな雑用にもどんな罵詈雑言にも文句一つ言わずに黙々とこなしてきました。彼の働きぶりは、みなさんもよくご存じでしょう」

父の言葉は、少しも嬉しくなかった。

忍耐力もなにも、これだけの面子が揃えば従うしかなかった。

有り余る金と豊富な人脈がある老害達がその気になれば、ポチを闇に葬るくらいわけはない。

老人達の怖さは、ポチが誰よりも知っている。

虫けらのように捻《ひね》り潰されないために、ポチはどんな屈辱にも耐えるしかないのだ。

それに、「昭和殿堂会」を抜けるにはポチは多くを知り過ぎ、また、悪事に手を染め過ぎた。

「満社長、なにを言っとるんだ君は？　ゴキブリが気持ち悪いと嫌われ、殺虫剤を撒《ま》かれることに傷ついたりするか？」

大善がニヤニヤしながら言った。

「満社長。大善総理の言う通りだよ。五歳児が伊藤博文や夏目漱石を知らないからと言って己を恥じるか？」

岩田がニヤニヤしながら言った。

「二人ともお見事！　いっぽーん！　もう一丁いっぽーん！」

俵がニヤニヤしながら、大善と岩田を続けて指差し決め台詞を連発した。

「満よ。どうじゃ？　これでもポチを庇うのか？　庇うなら、次からは『昭和殿堂会』に参加せんでもいい。庇わないなら、お前も息子をポチと呼ぶんじゃ」

祖父がニヤニヤしながら、父に二者択一を迫った。

「おいポチ、よく聞け」

微塵《みじん》の迷いもなく父が、ポチ呼ばわりしてきた。

僅か一秒も悩まずに、二者択一を選択したようだ。

切り捨てられたとは思わなかった。

もともと父は、息子を庇うふりをしながら老害側の人間なのだから。

「いま、この瞬間から父さんは心を鬼にしてお前に接する。会長や諸先輩方の言うとおり、身内だからと言って甘やかすのはお前のためにならん。無能には無能に相応《ふさわ》しい、カスにはカスに相応しい接し方をしてゆく。早速だが、床が汚れているからきれいにしなさい」

父が大理石の床を指しながらポチに命じた。

床の汚れのほぼすべてが、祖父が震える手で零したワインやキャビアだった。

「かしこまりました！」

ポチはキッチンに駆け、掃除箱を手に戻ってきた。

床に跪《ひざまず》き、キッチンペーパーでワインを吸い取りキャビアを包んだ。

床に大理石専用の洗浄液を噴霧し、ダスターで丁寧に拭き取った。

「お前のような出来損ないの下等生物が『昭和殿堂会』の下僕として仕えることができるのだから、感謝するんじゃぞ」

頭上から、祖父の雑言が降ってきた。

「かしこまりました！」

「本来ならお前なんぞ、わしらと眼を合わせることもできん雑魚《ざこ》だぞ！　戦国時代なら大名と馬係くらいの立場の差があるのを、心に刻んでおけ！」

頭上から、大善の雑言が降ってきた。

ポチは下を向いたまま、歯を食い縛った。

零れそうになる涙――堪えた。

漏れそうになる嗚咽《おえつ》――堪えた。

弱い姿を見せてしまったら、罵詈雑言に拍車がかかってしまう。

「ポチのことより、議題に話を戻そうじゃありませんか。このDという若者は、合格で問題ありませんな？」

岩田がメンバーに同意を求めた。

「そうだな。目上の者に対しての礼儀をきっちり弁えているし、次のターゲットに移ろう……」

『でもさ〜、だからといって、僕が老害擁護派ってわけでもないんだよね〜』

岩田に同意しかけた俵が、ＹｏｕＴｕｂｅから流れるＤの発言に言葉の続きを呑み込んだ。

『害虫は若者にも老人にもいるけど、やっぱり老害は社会問題だよね。動体視力も体力も判断力も落ちてるから、公の場で問題発言したりアクセルとブレーキを踏み間違えて人を殺したりさ。差別してるわけじゃなくて、僕は物理的な見地から事実を言ってるんだよ。ほかの動物を見てごらん？　老いたライオンは獲物を捕獲できなくなり群れから追い出され、老いたチーターは犬より速く駆けることができなくなり、老いた鷹はカラスに追われ、猿は木から落ちるどころか登れなくなるよね？　野生では老いた動物は淘汰《とうた》されるようになっているのさ。だって、それが自然の摂理なんだから。もし、老獣が自然の摂理に逆らったらどうなると思う？　ライオンやチーターはシマウマやインパラを捕獲できないから人間や家畜を襲うようになり、鷹や猿は肉体が衰えたぶん人里で楽して空腹を満たそうとするってわけさ。僕の言いたいこと、わかる？　つまり、人間も同じってこと。若い頃のように現役でいようとしたら、周りに多大な迷惑をかけるってことだよ。結論。年老いたら隠居して、現役世代に任せること』

「な……なんだこれは！」

俵の怒声がフロアに響き渡った。

「この若造め！　好き放題ほざきおって！」

大善の怒声があとに続いた。

「いったん擁護してるように見せかけておいて、私らを非難するなどけしからん奴だ！」

岩田が掌をテーブルに叩きつけた。

「お父さん、どうしますか？」

父が祖父に伺いを立てた。

「有罪に決まっとるじゃろうが！」

祖父が壁に向かって投げたカマンベールチーズが、手元が狂って床を掃除していたポチの顔面に当たった。

幸いなことに、祖父の手は震えて力が入らないのでまったく痛くなかった。

「これから、決を採る。このデイとかいう不届き者を有罪と思う者は挙手してくれ」

祖父が促すと、四人の老人が挙手した。

「満場一致じゃの。制裁決定じゃ。こいつは唇じゃな」

「さあて、どうやって誘《おび》き出すかですな」

大善がブランデーグラスを掌で回しながら、思案顔になった。

「これまで通りポチに考えさせましょう。なあ、ポチ」

俵が森伊蔵をラッパ飲みしながら、呑気な口調で言った。

一人目のＩＴ社長と二人目のライターと四人目の青年実業家の三人はテレビの取材だと偽り誘き出し、三人目のＭＣはマッチングアプリを利用して誘き出し飲料に混ぜたタリウムを飲ませ殺害した。

殺害した死体は額に「粗大ごみ処理券」を貼り、マンションやビルのごみ置き場に遺棄するというのがお決まりのパターンだ。

防犯カメラの死角の場所を、選ぶのは言うまでもない。

偉大なる人生の功労者である自分達を老害呼ばわりする罪人を、粗大ごみのように捨てるという発想だった。

これまでは老害を叫ぶ人物に対しては、楓の父親のようにマスメディアに登場できないよう裏で手を回してきた。

しかしそんな輩が後を絶たないので、「処理」することにしたのだ。

「このデイという男を、以前、私の後輩議員が参院選に担ぎ出そうとしたことがあってな。そのときに打ち合わせで呼び出そうとしたらしいんだが、典型的な引き籠りで会食はおろかお茶も断り、すべてリモートとやらで済ませてくれと言ってきたそうだ。挙句の果てには、街頭演説は非効率だから選挙運動はインターネットでしかやらないと言い出してな」

大善が苦虫を嚙み潰したような顔で吐き捨てた。

「たしかに、その感じじゃ誘き出すのは難しそうですね」

父がため息を吐いた。

「そんなもん、さらえばいいだろう！　いくら引き籠りでも、コンビニくらいは行くはずだからな。家の近くで張ってれば、いつかは出てくるだろう！」

俵が鼻息荒く言った。

「俵選手、それはいかんよ。『昭和殿堂会』は偉人達の集まりであって、誘拐集団じゃないんだから」

岩田が俵を窘《たしな》めた。

「岩田先生、それ、真面目に言ってるのか？　わしらは誘拐以上のことを……」

「俵選手！」

俵の言葉を、大善の野太い声が遮った。

「俺達がやっていることは犯罪ではなく、世直しだ。俵選手、ゴキブリやカラスを駆除したら罪なのか？　人間に危害をくわえた熊を射殺するのは罪なのか？　自分のやっていることに、もっと誇りを持って頂きたいもんだな。それとも俵選手は、『昭和殿堂会』が犯罪者集団とでもいうのかな？」

大善が俵を見据えた。

「い、いっぽーん！　さすがは大善総理！　たとえが秀逸ですな！　わしが間違ってた。『昭和殿堂会』の品位を落とさないやりかたで、害獣を退治せんとな！」

俵が大善に媚びるように、百八十度意見を翻《ひるがえ》した。

「でも、引き籠りのDが誘いに応じない以上、どうしますかね？」

父が思案顔で訊ねた。

「たしかに、デイを誘き出すのは容易ではなさそうじゃのう」

祖父が渋面を作りながら、ワイングラスを口元に運んだ。

「デイの親しい人物を利用して、呼び出せんもんかな？　おい、デイは独身か？」

大善が床掃除をしていたポチに訊ねた。

「少々お待ちください」

ポチは床に正座し、スマートフォンを取り出しDを検索した。

獲物の素性を調べるのは、ポチの役目だった。

老人達は、パソコンやスマートフォンを操作できないのだ。

「Dは独身のようですね。以前受けたインタビュー記事によれば、友達は必要ないという発言をしていますね。記事を鵜呑《うの》みにはできませんが、少なくとも引き籠りのDを誘い出すほど親しい友人はいないと……」

「おい、ポチ！　ポチのくせに、なにを偉そうに自分の考えを言っとるんだ⁉　インターネットを操作できるくらいで、『昭和殿堂会』の一員になったつもりか⁉」

俵がポチの頭を平手ではたいた。

「ポチよ。その前に人間になったつもりかね？　お前は犬なんだよ、犬！　それも、ざっ・しゅ・け・ん！」

岩田がポチの頭を扇子ではたいた。

「ポチ！　手を止めるな！　これまで通りごみを誘き出す方法を探し、我々の許可を取るんじゃや！」

祖父の怒声が、ポチの頭頂に降ってきた。

ポチは屈辱に耐えながら、Ｄの検索を続けた。

その間もポチの頭上で、老人達の嘲りと侮辱の嵐が吹き荒れていた。

「会長、雑種犬には限界が……」

「あ！」

俵の雑言を、ポチの大声が遮った。

「馬鹿もーん！　大声を出してびっくりするじゃないか！」

俵がポチを一喝した。

「みつけました！」

「なにをじゃ？」

祖父が訊ねてきた。

「インスタです！　Ｄは無類のラーメン好きらしく、一週間後に銀座で開催されるラーメン祭りに行くと書いてあります！」

「インスタとはなんじゃ？」

祖父が質問を重ねてきた。

大善と岩田の顔にも、疑問符が浮かんでいた。


インスタグラムも知らない生きた化石どもが、僕を嘲るんじゃない！


ポチは毒づいた。

もちろん心で。


「写真と文章を投稿するブログみたいなものです」

ポチは老人達にスマートフォンのディスプレイを向けながら説明した。

「写真付きの日記みたいなもんだな！」

俵が得意げに補足した。


ちげーよ！　ばーか！　ゴリラ脳みそは黙ってろ！


ポチは毒づいた。

もちろん心で。

「はい、そういう感じだと思ってください」

「ラーメン祭りに現れるかもしれんが、それからどうするつもりだ？　さっきも言ったが、『昭和殿堂会』は拉致《らち》などしない。仮に拉致していいと言っても、軟弱なお前には無理だろう？」

大善が小馬鹿にしたように言った。

「ラーメンにいつものやつを混入します」

ポチは即答した。

「減点！　だからお前は馬鹿だと言われるんだよ！　そんなとこで死なれたら、どうやって死体を運ぶつもりだ！」

俵がポチを一喝した。

「私達は、復讐のために害獣を駆除しているわけじゃない。奴らはごみと同等の価値しかないということを、世間に知らしめるためにやっているんだ。もう何年も私達の下僕をやってるんだから、いい加減に覚えんか！」

岩田が俵に続いてポチを叱責した。

「『ラーメン祭り』ではなく、いつものように僕が用意した店に呼び出します。Dさんの大好物と聞いて、今度オープンする知り合いのラーメン店を取材場所としてお借りすることができました、という誘いなら応じると思います」

「なるほど。それなら出てくるかもしれないな。ところで、肝心のラーメン店は用意できるのか？」

父が訊ねてきた。

「飲食店の知り合いは大勢いますから、その点は大丈夫です。あとは、そこそこうまいラーメンを作れる人間を探します。どうせ、何口か食べたら死ぬんですから」

ポチは口元に酷薄な笑みを浮かべた。

「なんだかお前、ごみ処理の話になると生き生きするな。小説風にたとえると、頭の悪いサイコパスみたいだ」

岩田が言うと、老人達が爆笑した。


お前らを駆除できたら、もっと生き生きするぜ。


ポチは毒づいた。

もちろん心で。


「まあ、ほかに手があるわけじゃなし、好きなようにやってみんかい。ただし、失敗したときには……わかっとるじゃろうな？」

祖父が黄色く濁った眼でポチを見据えた。

「もちろんです。今回も、すべて僕が一人でやったことですから」

ポチは老人達が期待している言葉を口にした。

実際に、ごみを誘き出し手を下し死体を遺棄しているのはポチだ。

ペントハウスに出入りする際に、毎回、出入り口を警護しているボディガードの厳重なボディチェックを受ける。

レコーダー等を衣服やカバンに忍ばせることはできず、所有しているスマートフォンをチェックされるので老人達の会話は録音できない。

ただでさえ圧倒的な人脈と権力を誇る老人達を、なんの後ろ盾もないポチが訴えたところで結果は見えている。

しかも決定的な証拠があるわけでもなく、老人達は手を下していないのだから……。

「では、早速準備に取りかかりますので、僕はこれで失礼します」

ポチは老人達に頭を下げ、出口に向かった。

「おい、ポチ。しくじるでないぞ！　お前みたいなカスに目をかけてきてやったんだ。ごみ処理くらいしか、お前にはわしらに貢献する術《すべ》はないんだからな！」

ポチの背中を、俵の侮辱が追いかけてきた。

これまでのごみ処理はうまくいっている。中城を遺棄するときには、シュシュと熊のキーホルダーをわざと落としてみたが、警察は僕にはたどり着けない。

「かしこまりました！」

ポチは足を止めて振り返り、ふたたび老人達に頭を下げた。


僕が駆除する前に、一日でも早く死んでくれ。


頭を下げたまま、ポチは吐き捨てた。

もちろん心で。

12

渋谷スクランブル交差点の近くのオープンテラスのカフェ。

斜《はす》に被った赤のニューエラのキャップ、赤いダボダボのフードパーカーのセットアップ、首に三重に巻いた金のネックレス、指に嵌めたごつい色石の指輪――テラス席に座り上半身を上下に揺らしリズムを取る三宅。

密室は危険なので人目につく場所を指定したのだが、改めて三宅の出で立ちを目の当たりにすると反吐《へど》が出そうだった。

だが、引き返すわけにはいかない。

楓を救出するためには、三宅の協力が必要なのだ。

朝陽はテラス席に入ると、無言で三宅の前に座った。

「六時の約束いま六時ピッタリ僕と若葉ちゃんの息もピッタリエッチの相性もピッタリあそこに座るギャルのチビTピッタリビーチクポッチリでも僕がボッキするのは若葉ちゃんのビーチクだけオ～イェア～!」

三宅が舌を出し、中指を突き立てた。

朝陽は、初めて知った。

この世で、ゴキブリよりも生理的に受け付けない生き物がいることを……。

「なに飲む？　ビア？　シャンパ～ン？」

三宅がビールのグラスを片手に、おかしなイントネーションで訊ねてきた。

「アイスティーをお願いします」

朝陽は三宅を無視して、スタッフに注文を告げた。

三宅が、朝陽の全身に舐め回すような視線を這わせた。

今日の朝陽は、長袖Tシャツにデニムという肌の露出が少ない服装だった。

「若葉ファッション露出なしオー残念無念僕の雑念行き場なし……」

「ミミに会わせてください」

朝陽は、三宅を遮り本題を切り出した。

悪夢が蘇るので、たとえ一秒でも三宅の顔を見たくはなかった。

「まあまあ、そう焦らないで。エッチをした関係の二人が、せっかくこうやって会っているんだからゆっくり話でも……」

「いい加減にしてください！　本当にミミの居場所を知ってるんですか⁉　ラウンジで働いているって話も嘘だったじゃないですか⁉　もしかして、秀さんって人の話も嘘なんですか⁉」

この前三宅は、飲み友達の秀という男が楓と一緒にいると言っていた。

この調子なら、その話もでたらめの可能性が高かった。

「そう、嘘」

三宅が、あっさりと認めた。

「え⁉　じゃあ、ミミはどこにいるんですか⁉」

朝陽は身を乗り出し、三宅に訊ねた。

「俺の家」

三宅が自分の顔を指差した。

「どうして⁉　どうしてあなたの家にいるんですか⁉」

朝陽は素頓狂な声で質問を重ねた。

「どうしてって、決まってるじゃん。俺に惚《ほ》れたからだよ」

三宅は得意げに言った。

「そんなわけありません！」

思わず、朝陽は否定していた。

「なぜ？　俺みたいにイケてる男なら、ミミちゃんが惚れるのも無理はないさ」

三宅が自信満々に言いながら、朝陽にウインクした。

不意に、朝陽の食道を胃液が逆流した。

「だって、十七歳の子が四十五歳の男の人を好きになるわけないじゃないですか！」

口を衝く本音――いや、ハリウッドスターのような四十代なら年の差恋愛もありえるが、三宅のような気持ち悪い中年男を楓が好きになる可能性は万に一つもない。

「おっと、いくらヒップホッパーでも、そんな言いかたされたらブロークンハートだぜ」

三宅が左胸に手を当てて、大袈裟《おおげさ》に顔を顰めて見せた。

「もう、その手には乗りません！」

朝陽はきっぱりと言った。

きっと三宅は、楓を部屋に連れ込み自分のときのように……。

朝陽は頭を振り、蘇りかけた悪夢を打ち消した。

「わかるよ～、警戒するその気持ち。この前、俺に騙されてあんなこともこんなこともやられちゃったわけだから。でも、今度は嘘じゃない。実は、俺も迷惑してるんだ。最初は若い女の子の体に興奮したけど、何回かやったら飽きちゃってさ。で、いまは居座られて困っちゃってるわけ」

三宅は大きな息を吐きながら、首を横に振った。

三宅の話は、俄《にわか》には信じられなかった。

百歩……いや、千歩譲っても、楓が三宅の家に転がり込むなどありえない。

「だったら、どうしてこの前、あんな嘘を吐いたのですか⁉　最初から、三宅さんの家にいると言えばよかったじゃないですか⁉」

朝陽は疑問を口にした。

自分をレイプするつもりなら、わざわざラウンジに呼び出さずに自宅でもよかったはずだ。

「ぶっちゃけ言うと、若葉ちゃんが抵抗したときに押さえつける助っ人がほしかったのさ」

ヘラヘラしながら言う三宅の顔に、熱湯をかけてやりたかった。

「信じられません」

朝陽は取り付く島もなく言った。

「じゃあ、俺が飯を食いに行く口実で、ミミちゃんを車で連れてきてあげるよ。これならいいだろ？」

「どこに連れてきてくれるんですか？」

間を置かずに朝陽は訊ねた。

「どこでも。若葉ちゃんが指定するところに連れて行くよ」

騙されてはならない。

あとからなにか理由をつけて、朝陽を誘き出すつもりに違いない。

「なら、渋谷の道玄坂の交番の前でお願いします」

朝陽は言うと、三宅を凝視した。

「いいよ」

あっさりと受け入れる三宅に、朝陽は肩透かしを食らった気分だった。

いったい、どういうつもりだ？

楓が家に転がり込んでいるというのは、本当なのか？

一分、二分……朝陽は逡巡した。

交番の前なら大丈夫という気持ちと、ふたたび罠《わな》だったらという危惧の念の間で朝陽の心は激しく揺れた。

「ぶっちゃけ、俺が若葉ちゃんでも警戒すると思うよ。もう忘れて。ヒップホッパーは、去る者は追わずだからさ。んじゃ、ここは若葉ちゃんの奢《おご》りっつーことで」

「これから、ミミを連れてこられますか⁉」

席を立ち上がりかけた三宅に、朝陽は言った。

もし三宅がなにかを企《たくら》んでいたとしても、交番の前なら実行できないはずだ。

三宅が現れなければ、楓が部屋にいるというのが嘘だとわかる。

どちらの結果になっても、三宅と顔を合わせるのは今日が最後だ。

「ちょっと用事あるから、九時頃ならオーケー！」

三宅が言った。

朝陽はスマートフォンのデジタル時計を見た。

九時までには三時間近くある。

父をこれ以上心配させたくないので、一度帰ったほうがよさそうだった。

「わかりました。九時に道玄坂の交番で」

「オーケー！　イェア～！　九時にシクヨロ！」

三宅が右手を上げてハイタッチを求めた。

朝陽は無言で立ち上がり、千円札をテーブルに置くと出口に向かった。

13

「ここでいい」

神谷が言うと、三田村がクラウンを路肩に停めた。

「ポールに伝言残してこなくてよかったんですか？」

ドライバーズシートの三田村が訊ねてきた。

「もう、ポールなんて呼ぶな。奴は佐藤大作だ」

いま家にいるから

パッセンジャーシートの神谷は、朝陽からのＬＩＮＥの文面を視線で追いながら吐き捨てた。

「ポー……いや、佐藤はどうしますか？」

三田村が質問を重ねた。

「早朝から乗り込む」

神谷は当然のように言った。

「佐藤社長は早朝からきますかね？」

「こないだろう」

「だったら……」

「周辺の海に糸を垂らしたら、面白い魚が釣れるかもしれない。明日、八時にきてくれ」

神谷は一方的に言い残し、クラウンを降りて自宅玄関に向かった。

☆

朝陽の部屋のドアを、神谷は躊躇《ためら》わずに開けた。

「もう、ノックしてって言ってるでしょ」

デスクチェアに座った朝陽が、背を向けたまま不機嫌な声で言った。

デスクには、参考書と教科書が開かれていた。

「勉強か？」

神谷は朝陽の背中に声をかけた。

「遊んでいるように見える？」

朝陽の素っ気ない声が返ってきた。

「夜遅く帰ってきて、朝早く出て行く。いったい、なにをやってるんだ？　誰といた？」

神谷は本題を切り出した。

「一人」

「一人⁉　そんなわけねえだろ！」

神谷は大声で言った。

「一人だから、しようがないじゃない」

相変わらず、背を向けたまま朝陽は言った。

「正直に言え！」

神谷はデスクチェアを回転させ、朝陽と向き合った。

「正直って、私が誰といたって言うのよっ」

朝陽も強い口調で返してきた。

「わからないから、訊いてるんだろうが！　誰といた⁉　まさか、男じゃないだろうな⁉　男か⁉　どこのどいつだ⁉　いますぐにここに連れてこいっ。顔が変形するくらいにぶん殴ってやる！　同級生か⁉　それとも他高か⁉」

神谷は朝陽の両肩を摑んだ腕を前後に揺すりながら問い詰めた。

「もう、やめて！　友達が学校にきてないから、ほかの友達と心当たりを探していたのよ！」

朝陽が神谷の腕を振り払った。

「友達って、誰だ⁉」

「パパには関係ないでしょ！　とにかく、男の子といたわけじゃないんだから！　勉強があるから、もう出て行って！」

「まだ、話は終わってない！　相手が女の子だろうとも、最近、物騒な事件が多いから遅くまでフラフラしてちゃだめだ！」

不意に神谷の脳裏に、捜査一課に届いた切り取られた乳房が蘇った。

「わかったから、早く出て行って！」

朝陽がデスクチェアから立ち上がり、神谷を部屋から押し出しドアを閉めた。

「おいっ、朝陽！　開けなさ……」

神谷の声を、スマートフォンのコール音が遮った。

舌打ちをしながら、神谷は上着のポケットからスマートフォンを引き抜いた。

ディスプレイに表示される三田村の名前に、神谷はふたたび舌打ちした。

「こんなときに、なんだ⁉」

通話ボタンを押すなり、神谷は不機嫌な声を送話口に送り込んだ。

『神谷さん、いま、ご自宅ですよね？』

「ああ、そうだ」

神谷は素っ気なく言った。

『ご自宅の前に車を停めてますから、出てきて貰っていいですか？』

「はぁ⁉　なんでだよ⁉　娘と大事な話があるっつうのに！」

『すみません。佐藤大作について、情報提供者が現れまして』

「情報提供者⁉　誰だ⁉」

神谷はスマートフォンを持つ手を替えて、三田村を問い詰めた。

『現時点では、野沢《のざわ》と名乗る「トキメキ倶楽部」の男性スタッフだということしかわかりません。内部告発なので、情報提供者も慎重になっているみたいですね。情報源を明かさないと約束するなら、いまから会ってもいいと言ってます。どうしますか？　もしあれなら、僕だけで会ってきますか？』

三田村が遠慮がちに訊ねてきた。

「馬鹿野郎！　俺も行くに決まってるじゃねえか！　お前みてえな、ちん毛も生え揃ってない半人前に任せられるか⁉　待ってろ！」
神谷は一方的に怒鳴りつけると、玄関にダッシュした。

☆

「言っておきますけど、生えてますからね」

ドライバーズシートの三田村が、根に持った口調で言った。

クラウンは池尻大橋《いけじりおおはし》を走っていた。

「くだらねえことはどうでもいいから、まだ着かねえのか⁉」

パッセンジャーシートで佐藤大作のインスタグラムを見ながら、神谷は苛立った口調で訊ねた。

「くだらねえって……人にさんざん暴言を吐いておいて勝手な人ですね。あと一、二分ですから」

三田村が呆れた口調で言った。

「それにしても、こいつは救いようのねえナルシスト男だな」

神谷は佐藤のインスタグラムの投稿に視線を巡らせ吐き捨てた。

ホテルの夜景を見下ろすスカイラウンジでマティーニのグラスを片手にポーズを決める佐藤大作、クルーザーのデッキチェアに海パン姿で座り葉巻を咥《くわ》える佐藤大作、フェラーリに寄りかかりウインクする佐藤大作……どの投稿も見栄と虚勢に塗れたものだった。

「到着しました」

クラウンは、瀟洒なビルの前に停められていた。

「情報提供者は、このビルの地下のバーにいますから。行きましょう」

三田村は言うと、ドライバーズシートのドアを開けた。

神谷もほとんど同時に、パッセンジャーシートから飛び下りた。

ビルの地下へと続く階段を下りると、「バロック」という電飾看板が現れた。

「いらっしゃいませ」

店内に入ると、グレイのボブヘアの女性スタッフが笑顔で出迎えた。

「野沢さんという方の予約は入ってませんか？」

三田村が訊ねた。

「お見えになって個室でお待ちになっています。こちらへどうぞ」

女性スタッフが、細長いフロアを奥へと進んだ。

三田村、神谷の順で女性スタッフのあとに続いた。

「お連れ様がお見えになりました」

女性スタッフが声をかけながら引き戸を引いた。

「えっ……」

四畳半ほどの個室のテーブルに座る男性を見て、女性スタッフが驚きの声を漏らした。

「マジか……」

三田村も眼を見開き、まじまじと男性を見ていた。

無理もない。

情報提供者の男性……恐らく野沢だろう男性は、Tシャツにデニムという格好で赤いラメの生地のプロレスの覆面を被っていた。

「とりあえず、ウーロン茶を二つお願いします」

神谷は女性スタッフを追い払うように注文すると、覆面男の前に座った。

「あの、お電話を頂いた野沢さんですよね？」

三田村が神谷の隣に座りながら、覆面男に訊ねた。

「はい。野沢です。偽名ですが、刑事さんにお電話した者です。このことが社長にバレたら、僕は間違いなく解雇されます。解雇ならまだましですが、身の危険もあります。だから、失礼ながら素顔をお見せするわけにはいきません。それで無理なら、この話は忘れてください」

覆面男……野沢が怯《おび》えた様子で言った。

覆面から覗く眼の感じと声から、野沢が二十代だろうということはわかった。

が、いまは野沢の素性はどうでもよかった。

野沢の提供する情報が、ガセかどうかを判断するために訊き出すのが先決だ。

「そのままで大丈夫です。早速ですが、提供したい情報というのを教えて頂けますか？」

神谷は単刀直入に言った。

野沢が単なる冷やかしなら、すぐに帰って朝陽と話の続きをしたかった。

「ポール社長は、『トキメキ倶楽部』を利用して個人の欲求を満たしています」

震える声で、野沢が切り出した。

「個人の欲求を満たす？　どういう意味ですか？」

すかさず、神谷は訊ねた。

「ポール社長は俗に言うロリコンなんです。それも、未成年なら誰でもいいというわけではなく、学生じゃないと無理なんです。ポール社長はいつも女性会員のリストを調べて、未成年の子を探してます」

野沢の眼には、軽蔑の色が浮かんでいた。

「探してどうするんですか？」

神谷は質問を重ねた。

「男性会員に成り済まして接触するんです」

「男性会員に成り済ますなんて、そんなことができるんですか？」

三田村が怪訝そうな顔で訊ねた。

「はい。ポール社長は偽名と偽のプロフィールを使い未成年女子を漁ってます。今使っている名前とプロフィールです」

野沢がスマートフォンを差し出してきた。

佐々木
45歳　東京都渋谷区

自己紹介

企業のＣＥＯだよ。
正直、お金持ち（笑）
10代の女の子を支援するために登録したから、お金ほしい子はメッセージよろしく！

詳細情報

外見
身長　170センチ
スタイル　ナイスバディ

職種　学歴
IT関連

「なんだこりゃ⁉　気色悪い奴だな！　ド変態じゃねえか⁉」

神谷は思わず大声を張り上げた。

「神谷さん」

三田村が咎める顔を神谷に向けた。

「なんだよ⁉　本当のことじゃねえか？　四十五のおっさんが書く文面か⁉　百歩譲ってただのロリコン変態なら許せるが、こいつはアプリの経営者だろ⁉」

神谷は佐々木のプロフィールが表示されたスマートフォンのディスプレイに、人差し指を突きつけた。

「刑事さんの言う通りです。ポール社長のやっていることは犯罪です」

野沢が言うと、ビールのグラスを口もとに運んだ。

「でも、未成年がマッチングアプリに登録して法的に問題はないんですか？」

三田村が神谷の疑問を代弁した。

「ええ。『トキメキ倶楽部』は恋人や友達を探すためのサイトですから。女子大生はもちろん、女子高生もたくさん登録してますよ」

覆面の口元にビールの泡をつけながら、野沢が言った。

「え⁉　だって、会員同士で大人いくらとかなんとか、パパ活や援助交際のやり取りをしてるじゃないですか⁉　お宅の社長だって、十代の子を支援したいとかプロフィールに書いていたし」

三田村が質問を重ねた。

「『トキメキ倶楽部』では、会員同士のメッセージのやり取りには基本的に関知しないという建前になってますから」

野沢がため息を吐いた。

「実際は売春行為をやらせておきながら、黙殺しているということですね？」

「まあ、そう言われても仕方ないですね」

三田村が念を押すと、野沢が素直に認めた。

「で、あなたはどうして……」

神谷は言葉を切り、ウーロン茶を運んできた女性スタッフが退室するのを待った。

「あなたはどうして、危険をおかしてまで内部告発する気になったんですか？」

神谷は質問の続きを口にした。

「このままだと、取り返しのつかないことになると思ったからです。ポール社長は、偽名で未成年の女性会員を呼び出してずいぶんとエグいことをやってましたからね」

野沢の顔が歪んでいるのが、覆面越しにもわかった。

「エグいこととは？」

神谷は身を乗り出した。

「未成年女子を知り合いの店や部屋に連れ込んで監禁して、レイプした上に嵌め撮りしています」

野沢が吐き捨てた。

「嵌め撮り⁉」

三田村が素頓狂な声を上げた。

「以前からそういう噂《うわさ》はあったのですが、あるとき被害にあった女性会員の父親が会社に乗り込んできて大変な騒ぎになりました。それで、スタッフ全員の知るところとなったんです」

「なるほど。そういうことがあったんですね。で、どうなったんですか？　当然、訴訟問題になりましたよね？」

神谷はウーロン茶で喉を潤しながら訊ねた。

「いえ、示談で話はつきました」

三田村が言った。

「示談⁉　そんなはずないでしょう⁉　だって、十代の娘がレイプされて動画まで撮影されたんですよ⁉　普通の親なら、絶対に示談で済ませませんよ！」

神谷は我がことのように、激しい怒りを覚えた。

もし、朝陽が同じ目にあったら、その相手をただではおかない。

逮捕はもちろん、刑務所に入れる前に神谷が殴り殺してしまうかもしれない。

「普通の親ならそうかもしれません。ですが、その女の子の父親は参議院議員でした」

野沢が含みを持たせた口調で言った。

「参議院議員⁉　親父が政治家なら、なおさらただじゃ済まないでしょう⁉」

「ポール社長の父親は三友商事の社長で、祖父は会長の渡辺茂です」

「えっ！　渡辺茂って、あの財界の首領《ドン》と言われている渡辺会長ですか⁉」

三田村が驚いた口調で口を挟んできた。

「ええ。渡辺会長の影響力は財界はもちろん、政界、法曹界にも絶大な影響力を持っています。被害者の父親が政治家だったのは、渡辺会長にとっては好都合でした。派閥のボスから圧力をかけさせておとなしくさせるくらい、時の総理が顔色を窺う渡辺会長なら訳ないでしょう」

野沢が言った。

「たしかに、しがらみも忖度も必要ないサラリーマンのほうが示談に応じなかったかもな」

神谷は独り言ちた。

「つまり佐藤社長の尻拭いを、祖父である渡辺会長がやったということですね？」

神谷が確認すると野沢が頷いた。

「野沢さん。殺害された石井信助という男性が『トキメキ倶楽部』の会員だったことは知ってましたか？」

神谷は言いながら、石井の写真を野沢に差し出した。

「知ってますよ。情報番組で司会をやってた人ですよね？　ポール社長と大喧嘩をしてましたから」

「石井信助さんと佐藤社長が大喧嘩？　詳しく、教えて貰えますか？」

神谷は野沢を促した。

もしかしたら、思わぬ収穫を得られるかもしれない。

「石井さんとポール社長はもともとの知り合いで、というより仲のいい友人でよく飲みに行ってました」

「二人が友人⁉　人気のMCとマッチングアプリの変態ロリコン社長が、どうやって知り合ったんですか？」

すかさず、神谷は訊ねた。

「石井さんは大のギャル好きで、もともとうちのＶＩＰ会員でした」

「ＶＩＰ会員というのは？」

「ＶＩＰ会員は、一般会員の五倍の会費を支払います。ですが、お金をたくさん支払うだけではだめで、ポール社長の特別審査があります」

「特別審査？」

神谷は繰り返した。

「はい。ＶＩＰ会員になるには、社会的ステータスが必要です。医者、弁護士、芸能人、スポーツ選手、実業家……ぶっちゃけ、ブランドです。ポール社長はミーハーなので、有名人や地位が高くお金のある人に弱いんです。ＶＩＰ会員には、ポール社長がグレードの高い女性会員を個別にアナウンスします。つまりＶＩＰ会員になれば、好みのタイプの女性をポール社長が積極的に斡旋《あっせん》してくれるということです」

野沢の説明に、神谷はめまぐるしく思考を巡らせた。

佐藤は石井と連絡を取っていないと言っていた。

ＶＩＰ会員を守るためということも考えられるが、なにかが違う気がした。

たとえそうだとしても、石井が殺害されたと聞いたなら嘘は吐かないはずだ。

普通ならば、仲良くしていたＶＩＰ会員が殺害されたとなれば積極的に捜査に協力するだろう。嘘を吐く理由――捜査が進むと困る理由がある場合だ。

「二人が大喧嘩したというのは、女性会員が原因ですか？　紹介された女性とトラブルがあったとか、そんな感じのことですか？」

神谷は質問を再開した。

「いいえ、電話で社長が石井さんに激しく喰《く》ってかかっていたときに聞こえたのですが、女性会員のことではありませんでした。どうしてあんなことを言ったんだ、ウチの祖父がカンカンに怒って大変なんだぞ……そんな感じのことを言ってました。お代わりしてもいいですか？」

野沢がビールのグラスを掲げた。

「もちろんです」

神谷が言うと三田村がブザーを鳴らした。

「祖父というのは、三友商事の渡辺会長のことですか？」

注文を取りにきた女性スタッフが出て行くのを見計らい、神谷は訊ねた。

「ええ。僕も詳しくは知らないのですが、石井さんが番組で、渡辺会長が三友グループの実権を長期に亘《わた》って握っていることを激しく非難したらしいんです。九十を過ぎた老人が権力の座に居座り続け三友グループを私物化するのは害悪だというようなことを」

「老害……」

神谷は思わず呟いた。

「粗大ごみ連続殺人事件」の被害者四人に共通していたのは、各メディアで老害を社会悪として糾弾していたことだ。

神谷の脳内で、バラバラだったパズルのピースが嵌ってゆく……。

「え？」

三田村が怪訝な顔を向けた。

「いや、なんでもない。野沢さん、石井さんが亡くなったことはご存じでしたよね？」

神谷は三田村を受け流し、野沢に再度確認した。

「はい、ニュースで大々的に報じてましたから」

野沢が即答した。

「ということは、佐藤社長も石井さんが殺害されたことは知ってましたよね？」

神谷は畳みかけた。

「もちろんです。僕がニュースサイトを見せましたから。オーマイガーッド！　を連発してました」

神谷と三田村は顔を見合わせた。

佐藤は石井と交友関係があったことだけではなく、殺害されたことも知らないと嘘を吐いていた。

この事実はいったい、なにを意味するのか？

一つだけ言えることは、佐藤大作が石井に関して明かせない秘密を持っているということだ。

「ほかに、佐藤社長はなにか言ってましたか？」

神谷が訊ねると、野沢が腕を組み考え込む仕草をした。

ノックに続いて女性スタッフが、新しい生ビールのグラスを野沢の前に置いた。

「特別には、なにも言ってませんでした。というより、石井さんの名前を出すと露骨に不機嫌になり、スタッフも事件についてなにも言えなくなりました」

女性スタッフが退室すると、野沢が口を開いた。

「そうですか……」

今度は神谷が腕組みをし、眼を閉じた。

佐藤が明かせない秘密とは？

石井の死と関係のあることなのか？

石井が殺害される心当たり……つまり、犯人の心当たりがあるのか？

それとも、佐藤自身、なんらかの形で事件に関わっているのか？

「一つ訊きたいことがあるのですが？」

神谷は眼を開け、野沢を見据えた。

「野沢さんは今回の石井さんが殺害された事件に、佐藤社長がなんらかの形で関係していると思ってますか？」

神谷は直球を投げ、野沢の様子を窺った。

覆面をしているので表情の変化はわかりづらかったが、黒目が泳いでいた。

「それは、どういう意味ですか？」

「佐藤社長は我々に石井さんが殺害されたことも知らないと言っていましたし、それどころか石井さんと面識もないと言っていました。佐藤社長は、なぜこんな嘘を吐いたんですかね？」

「そう言われれば、たしかにそうですよね。どうして、ポール社長はそんな嘘を吐いたんだろう」

野沢が首を捻った。

野沢が惚《とぼ》けているようには見えなかった。

そもそも、身の危険を顧みずに内部告発を決意した野沢が佐藤を庇うはずがない。

「わかりました。今日は、いろいろ参考になりました。明日、我々は佐藤社長に会いに行きます。何時頃、出社するかわかりますか？」

「ポール社長は、なにも用事がなければ十一時頃に出社します。あの、今日のことは……」

「スタッフと会ったことは言いません。その点は、ご安心ください。あなたの顔はわかりませんが、明日、我々が伺っても知らないふうを装ってください。あと、できる範囲で構いませんから、佐藤社長についてなにか新しいことがわかれば連絡ください。野沢さんには絶対にご迷惑をかけませんから」

神谷は、佐藤に内部告発がバレてしまうかもしれないと危惧する野沢を安心させるように言った。

「わかりました。僕もポール社長のやっていることは許せませんから、できるかぎりの協力をさせて頂きます」

野沢が神谷の瞳を直視し、力強い口調で約束した。

「ありがとうございます。なにかあれば、こちらからお電話させて頂きたいのですが大丈夫ですか？」

神谷が訊ねると、野沢が頷いた。

「では、我々はこれで失礼します」

神谷は伝票を手に取り席を立つと、三田村を促し個室を出た。

☆

「それにしても、驚きましたね」

クラウンのドライバーズシートに乗り込んだ三田村が、パッセンジャーシートの神谷に言った。

「最初から胡散臭い野郎だと思ったが、増々怪しくなったな」

神谷は買い置きしていたスティックキャンディをダッシュボードから取り出し、口に入れるなり噛み砕いた。

立て続けに三本のスティックキャンディを噛み砕いた。

脳みそが糖分を必要としていた。

「佐藤社長の祖父が三友商事の会長ということもですけど、石井さんと飲みに行く仲だったということも驚きでした。渡辺会長を番組で批判したことで佐藤社長と石井さんが大喧嘩したと言ってましたが、事件に関係あるんですかね？」

三田村が好奇の色を浮かべた眼で神谷を見た。

「関係あるかないかで言えば、間違いなくあるだろう。ただ、直接的に関係あるのか間接的なのか……それが問題だな」

「どういう意味ですか？」

三田村が身を乗り出した。

「どうしてあんなことを言ったんだ、ウチの祖父がカンカンに怒って大変なんだぞ……みたいなことを佐藤社長は石井さんに電話で言ってたそうじゃないか？　つまり、佐藤は石井さんの老害批判の件で渡辺会長にメチャメチャに怒られた。だから石井さんを恨んだのか？　それとも祖父の怒りを静めるために動いたのか？」

神谷は頭の中でパズルのピースを嵌めたり外したりしながら、言葉を並べた。

「まさか神谷さんは、佐藤社長が犯人だと思っているんですか⁉」

三田村が大声を張り上げた。

「うるせえな。いきなりでけえ声を出すんじゃねえよ。クロとまでは言ってねえが、シロでもねえ。佐藤が石井さん殺害事件に関係してるのは間違いねえな。こうなったら、あのとっちゃん坊やを徹底的に洗うぞ。とっちゃん坊やだけじゃなく、親父とジジイも洗いまくれ！」

神谷は三田村に命じた。

佐藤だけでなく、渡辺父子も事件に関係しているに違いない。

「親父とジジイって、三友商事の社長と会長のことですか？」

三田村が確認してきた。

「ああ、そうだ。親子なのに苗字も違う。そのへんの事情も含めて、佐藤大作と周辺の関係者を丸裸にしろ！」

「わかりました！　明日の迎えは八時でいいですね」

「明日はこなくていい。とっちゃん坊やのところには俺一人で行く」

「どうしてですか⁉　僕も……」

神谷は三田村の七三分けの頭を平手ではたいた。

「髪が乱れるから……」

「馬鹿野郎！　言っただろう！　お前は佐藤について徹底的に洗え！」

神谷は三田村を怒鳴りつけた。

「口で言ってくれればわかりますよ。暴力刑事」

三田村が不満を呟いた。

「は？　なんか言ったか？」

「いえ！　なにも！　車、ご自宅でいいですか？」

「こんな時間から、自宅以外のどこに行くんだよ！」

神谷が吐き捨てると、三田村がため息を吐きながらクラウンのエンジンをかけた。

14

渋谷道玄坂交番の前――朝陽は、交差点を行き交うカップルや酔客を視線で追った。

スマートフォンのデジタル時計はＰＭ９：05……約束の時間を五分過ぎていた。

三宅から電話の着信もメッセージも入っていなかった。

もしかして、すっぽかす気か？

朝陽の胸に、不安が過った。

同時に、安堵《あんど》している自分がいた。

三宅にきてほしい気分ときてほしくない気分が、胸の中で綱引きしていた。

楓を連れてくるという言葉と交番の前でもいいという言葉があったからこそ、三宅との待ち合わせに応じたのだ。


――朝陽ちゃん、楓から連絡ないかしら？

いまから一時間前に、憔悴《しょうすい》した楓の母から電話がかかってきた。

——はい。

——連絡がなくなって、今日で三日目よ。学校にも出てないし……。いまから、捜索願いを出そうと思ってるの。

——そうですか……。


警察の捜査が入れば、「トキメキ倶楽部」や三宅の存在が浮かび上がるだろう。

三宅が警察の事情聴取に呼び出されれば、朝陽……若葉の名前を口に出すかもしれない。

朝陽が恐れているのは、楓をきっかけに自分がレイプされた事実が刑事である父に知られてしまうことだ。

だが、これ以上、楓の両親が警察に捜索願いを出すのを止める口実はなかった。

それに、これから楓に会えるのだ。

今夜、娘が自宅に戻れば捜索願いも取り下げられるだろう。

スマートフォンが震えた。

ディスプレイに表示される三宅の文字。

「もしもし？」

『こんばんは俺ミヤケ酒飲み過ぎてムネヤケ、でもヤケザケじゃない若葉ちゃんに会える嬉しさ超マックス平成ギャルはルーズソックス伝説のジョンコルトレーンはサックス数字の六は英語でシックス……』

「いまどこですか？」

電話に出るなりいきなりラップを始める三宅を、朝陽は冷え冷えとした声で遮った。

『俺ら肌を重ねた仲なのに連れないな〜』

「いま、どこですか？」

恥辱と嫌悪に耐えながら、朝陽は冷静な声音で同じ質問を繰り返した。

『左見て』

朝陽は首を左に巡らせた。

十メートルほど先に停められた四駆のポルシェ――ドライバーズシートの窓から顔を出している白のフードを被った下膨れ顔の男、スマートフォンを耳に当てた三宅が朝陽に手を振っていた。

「早くミミを連れてきてください」

朝陽は抑揚のない口調で言った。

三宅には、一ミリたりとも愛想を使いたくなかった。

『そうしたいのヤマヤマ俺の元彼女マヤマヤだけどミミちゃんジジョーがあってここにいない因みに俺が好きなアニメはあしたのジョー……』

「約束が違うじゃないですか！　どうしてかえ……ミミはこないんですか⁉」

我慢の限界――朝陽は大声で三宅を問い詰めた。

『そんなに大声を出したら鼓膜が破れちゃうじゃないか〜。俺だって連れてきたかったけど、ミミちゃんが三十九度二分の高熱を出したから無理だったんだよ〜。それとも、高熱を出してウンウン唸《うな》っているミミちゃんを無理やり連れてきたほうがよかったっつーの？』

三宅が芝居がかった口調で言った。

楓が発熱？

俄には、信じることができなかった。

「なんの熱ですか？」

『さあ、俺は医者じゃなくてヒップホッパーだからな、イェア～！』

「信じられません。ミミと電話で話をさせてください」

楓が高熱を出しているというのは三宅の嘘に決まっているので、承諾できないはずだ。

『電話してもいいよ～』

予想に反して、あっさりと三宅が受け入れた。

「じゃあ、ミミの携帯に……」

『あ、最初に言っておくけど、彼女の携帯は紛失したからいまは俺のを使ってるよ』

三宅が朝陽を遮り言った。

「じゃあ、携帯番号を教えてください」

『それは無理だよ。俺のプライベートの番号だから』

にべもなく、三宅が拒否した。

「そんな……だったらミミが高熱を出してるのが本当かどうかを、どうやってたしかめるんですか⁉」

やはり、高熱の話は嘘だ。

三宅はなにかを企んで……。

『俺が電話をかけて、ミミちゃんが出たら代わってあげるよ』

朝陽の心で確信に変わりつつある疑念を、三宅の言葉が打ち消した。

『だから、俺がミミちゃんに電話をするからこっちにおいで』

三宅が手招きしていた。

「三宅さんがこっちにきて、ミミに電話をかけてください」

もう、騙されはしない。

同じ手に、二度も乗る気はなかった。

『わかった。若葉ちゃんが俺をそんなに疑うなら、もう信用してくれとは言わない。じゃあ、これで……』

「ちょっと、待ってください！　ミミが高熱を出しているのが本当かどうか……」

『だから、俺の嘘でいいよ。ミミちゃんが高熱を出したと嘘を吐いて若葉ちゃんをどこかに誘い出してまたおまんこする。そう企んでいる男でいいよ。だから、もう、これっきりにしよう』

三宅がそれまでとは打って変わって、冷めた口調で言った。

「ま、待ってください！」

『なになに？　俺のこと信用できないから、交番の前から離れたくないんだろう？　だから、もういいって言ったんだ。そこまでして、若葉ちゃんに協力する必要もないしね』

三宅が不貞腐《ふてくさ》れたように言った。

本心なのか？　芝居なのか？

三宅の本心が読めなかった。

『どうする？　俺を信じてこっちにくるならミミちゃんに電話するし、疑ってこないなら帰るから。早く決めて。俺も暇じゃないから』

三宅が二者択一の決断を迫ってきた。

三宅は信用できない。

だが、朝陽が三宅のもとに行かなければ本当に帰ってしまう。
そうなれば、楓を家に連れて帰ることができない。
だからといって、三宅の話を鵜呑みにすることは……。
『くるの？　こないの？　あと十秒で決めて。十、九、八、七……』
三宅が淡々とした口調でカウントを始めた。
どうする？　どうする？　どうする⁉
焦燥感が朝陽の背筋を這い上がった。
『六、五、四……』
三宅のカウントは続いた。
高熱の話が嘘だとしても、楓が三宅に囚われている可能性は高い。
ここで三宅が帰れば、楓を救い出すことができなくなる。
交番から離れても、三宅の車に乗らなければいい話だ。
公衆の面前で朝陽を誘拐することはできないだろう。
朝陽は自らに言い聞かせた。
『三、二……』
朝陽は、意を決して歩を踏み出した。
『イェア～！』
ドライバーズシートの窓から顔を出した三宅が、中指を立てて舌を出した。

☆

朝陽は四駆のポルシェの二メートル手前で足を止め、スマートフォンを手に取り電源を入れた。

父からかかってくるので、オフにしていたのだ。

案の定、父からの着信とＬＩＮＥ通知がそれぞれ二十件以上入っていた。

「なにやってるの？　そんなとこ突っ立ってないで、早くこっちにおいでよ」

ドライバーズシートの窓から顔を出した三宅が、朝陽に手招きした。

「ここでいいです。早く、ミミに電話をかけてください」

朝陽は強張った声で言った。

「え〜っ。そんなに離れてちゃミミちゃんに電話をかけられないよ〜。それとも、俺の手がゴム人間みたいに何メートルも伸びると思っちゃったりしてる？　ビヨ〜ン、ビヨ〜ンってさ」

三宅がふざけた口調で言いながら、左手を窓の外に何度も突き出した。

「ミミが電話に出たら、こっちに持ってきてください」

朝陽はにべもなく言った。

「え？　マジ？　俺が車降りて若葉ちゃんのところに携帯を持って行くの？　え？　え？　え？　嘘でしょ？　冗談でしょ？　このヒップホッパーの俺に、パシリをやらせようっつーの？」

三宅が親指で己の顔を差しながら言った。

「私は車に乗りませんからお願いします」

朝陽は素っ気なく言った。

「やれやれ、仕方ないな〜……って、おっと、やれやれなんて言葉使ったら年がバレちまうぜ」

三宅が舌を出して肩を竦めた。

「ヒップホッパーは年取らねえ年はただの記号意識した瞬間に老け始める意識しなけりゃ心は永遠のティーンエイジャー永遠のアオハル……」

「早く電話をかけてください」

顎を踏み始めた三宅を、朝陽は冷え切った声で遮り促した。

「そんな能面みたいな顔してたら、せっかくのキュートフェイスが台無しになっちゃうぜ？　能面ってわかる？　悪魔の子ダミアンの『オーメン』じゃなくて能面……おっと、また年がバレちまうぜ」

リプレイ映像のように舌を出して肩を竦める三宅を、朝陽は無言で睨みつけた。

「お～怖っ。はいはい、いまかけてやるから待ってろって」

三宅がため息を吐きながら、スマートフォンのダイヤルキーを朝陽に見えないようにタップした。

「あ～あ、だめだ。繋がらねえ。あ～あ、まただ。電源が切られてるぜ。熱出して寝込んでるんだから仕方ねえか」

三宅が芝居がかった口調で言った。

「本当に、繋がらないんですか？」

すかさず朝陽は確認した。

三宅は信用ならない。

電話をかけたふりをして、でたらめを言っている可能性も十分に考えられた。

「ほら」

三宅が窓から伸ばした左手に握ったスマートフォンを、朝陽に向けた。

『オカケニナッタデンワハデンゲンガハイッテイナイカデンパガトドカナイバショニアルタメカカリマセン』

三宅が電話を切り、リダイヤルキーをタップするとふたたびスマートフォンを朝陽に向けた。

「ほら、嘘じゃないだろ？」

三宅が自慢げに言った。

「本当にミミの持ってる携帯にかけたかどうか、わかりませんよね」

朝陽が言うと、三宅が首を横に振った。

「それは俺にも証明しようがないな。どうする？」

唐突に、三宅が訊ねてきた。

「え？　なにがですか？」

「俺はミミちゃんのとこに帰るけど、一緒に行く？」

三宅が助手席を指差した。

「乗りません！」

朝陽は間髪を容れずに拒否した。

「そんなに向きになるなよ。一応、訊いてみただけだから。ほんじゃ」

三宅が片手を上げると、イグニッションキーを回した。

「どこに行くんですか⁉」

慌てて、朝陽は訊ねた。

「家だよ。帰るって言っただろ？　もう、行っていいぜ」

三宅が突き放すように言った。

朝陽は返事に窮した。

このまま別れると楓に会えなくなる。

かといって、三宅と一緒の車に乗るなど冗談ではない。

「じゃあ、タクシー拾ってついていてくれれば？」

予想だにしない提案を、三宅がしてきた。

「え？」

「一緒の車に乗るのが怖いんだろ？　でも、タクシーなら俺の家にきても平気だろ？　ちょうど空車もきてるし」

三宅が背後を振り返りながら言い残し、車を発進させた。

「あっ、ちょっと……」

朝陽は考える間もなく、空車のタクシーを止めて後部座席に乗り込んだ。

「……前の車に、ついて行ってください」

不安と恐怖に苛《さいな》まれながら、朝陽は運転手に告げた。

15

神谷はスマートフォンのディスプレイを睨みつけながら、リビングルームを動物園の熊のようにグルグルと回った。

「朝陽のやつ、こんな時間まで連絡もしねえでなにしてるんだ」

ディスプレイのデジタル時計は、PM9：05となっていた。

池尻大橋のバー「バロック」から戻ってきた神谷は、話の続きをしようと朝陽の部屋に直行したが蛻《もぬけ》の殻《から》だった。

神谷は歩き回りながら、朝陽の携帯番号をリダイヤルした。

一時間で、三十回以上はかけていた。

コール音が一回、二回、三回……。

「なにやってる……出ろ、出ろっ、出ろ！」

神谷はいら立ちと不安がない交ぜになった感情を、スマートフォンにぶつけた。

「くそっ」

コール音が二十回を超えたところで、神谷は通話を切った。

「男といるんじゃねえだろうな……」

神谷は心に過った不吉な想像を慌てて打ち消した。

朝陽にかぎって、そんなことはない。

だが、友達はわからない。

今日、楓の母から捜索願いが出された。

楓は三日間学校を休み、家にも帰ってないらしい。


——もう、やめて！　友達が学校にきてないから、ほかの友達と心当たりを探していたのよ！


あのとき朝陽が言っていた友達というのは、楓のことに違いない。

楓のことは心配だが、神谷の頭は朝陽がトラブルに巻き込まれるのではないかという危惧に支配されていた。

それに、楓が自らの意思で家出をしている可能性もあった。

捜索願いが出された十代の少女のほとんどが、彼氏や遊び友達の家に転がり込んでいるというパターンだった。

ニュースで大々的に報じられるので印象に残ってしまうが、誘拐などのケースは稀《まれ》だ。

だが、彼氏や友達と遊んでいるうちに事件に巻き込まれる危険性はあった。

もしかして朝陽は、楓と遊び友達の溜《た》まり場に出入りしているのではないのか？

そこに男がいてよからぬことを……。

「朝陽に変なことしやがったら、拳銃で頭ぶち抜いてやる！」

神谷は叫びながらリビングルームを飛び出し、朝陽の部屋に入った。

罪悪感から眼を逸らし、デスクの引き出しを上から順番に開けた。

電子手帳、マーカーペン、ボールペン、消しゴム、定規、リップクリーム、文庫本、ハンカチ、充電器……一段目と二段目には、目ぼしい物はなかった。

三段目の大きな引き出しには、教科書、参考書、ノートが詰め込まれていた。

神谷は五冊のノートをチェックした。

一冊目、二冊目、三冊目、四冊目——勉強以外の気になる書き込みはなかった。

五冊目も、やはり気になる書き込みは……。

神谷のページを捲《めく》る手が止まった。

「なんだ、これは……」

神谷の視線が、最後のページに書き込まれた文字に吸い寄せられた。

死にたい、でも死ねない、死にたい、まだ死ねない
楓を救うまで死ねない　三宅を殺すまで死ねない

「なんだ、これは……」

神谷は同じ言葉を繰り返した。

死にたい？　朝陽が？　なぜ？

楓を救うまで死ねない？　どういう意味だ？

三宅を殺すまで死ねない？

三宅って、誰だ？

なぜ、朝陽が三宅という人間を殺さなければならない？

頭の中で、疑問符が渦巻いた。

これは間違いなく朝陽の筆跡だ。

楓は誰かに監禁されているのか？

三宅という人間が、楓を監禁しているのか？

不安が梅雨時《つゆどき》の雨雲のように神谷の胸に広がった。

無意識に神谷はスマートフォンを手に取り、楓の母親の携帯番号を呼び出し通話キーをタップした。

コール音が一回目で途切れた。

『もしもし？』

女性の声が受話口から流れてきた。

「夜分遅くにすみません。私、警視庁の神谷と申します。楓さんのお母様ですね？」

神谷は訊ねた。

『あ、朝陽ちゃんのお父様ですね？　楓が、みつかったんですか⁉』

楓の母が、ボリュームアップした声で訊ねてきた。

楓がみつかったのか⁉　という男性の声が聞こえた。

恐らく、芸人だという父親だろう。

「いえ。楓さんのことでお訊ねしたいことがあるのですが」

神谷が用件を切り出すと、楓の母親が電話越しに落胆のため息を吐いた。

見つかったんじゃないのか⁉

また、父親らしき男性の声がした。

顔は見えないが、声の感じだけで焦燥と憔悴の様子が伝わってきた。

神谷には、父親の気持ちが痛いほど分かった。

朝陽がトラブルに巻き込まれていたら……と考えただけで理性を失いそうだった。

『なんでしょうか？』

「娘さんに、三宅という名前の知り合いはいましたか？」

『三宅さん？　いえ、聞いたことありませんが……女の子ですか？』

「年齢も性別もわかりません。よく考えてください。三宅という名前に覚えはありませんか？

娘さんにかぎらず、出入り業者やお父様のお知り合いでも構いません」

神谷は、逸《はや》る気持ちを堪《こら》えて訊ねた。

いまは父親としてではなく、刑事として楓の母親と向き合わなければならない。

『ねえ、男の人でも女の人でもいいから、三宅さんって名前の人が知り合いか職場にいる？』

母親が父親に訊ねた。

三宅さん？　楓がいなくなったことと、なにか関係があるのか⁉

父親の声。

『それを調べるために訊いてるんでしょ⁉　どうなの⁉　三宅さんって名前に心当たりはある
の⁉』

母親がヒステリックな口調で父親に訊ねた。

父親は束の間の沈黙の後、いや、いないな、と言った。

『いないそうです。その三宅さんって人が、楓になにかしたんですか⁉』

母親の声は掠れ、震えていた。

「いえ、そういうことではありません」

神谷は言葉を濁した。

『だったら、どうしてその人のことを訊くんですか？　おかしいじゃないですか！　娘と関係がない人のことを訊いてくるなんてっ』

母親が、感情の昂《たかぶ》りを神谷にぶつけてきた。

同じ年の娘を持つ親として、母親の苛立ちは理解できる。

それに、他人事《ひとごと》ではなかった。

朝陽も楓とともに、トラブルに巻き込まれている可能性があるのだ。

「実は、朝陽が娘さんを探しているみたいなんです」

神谷は迷った末に打ち明けた。

朝陽が楓の行方を追って連絡が取れなくなったという事実を伏せたままでは、話を運ぶのにも限界があった。

『え？　どういうことですか？』

「朝陽がノートに、娘さんの名前と三宅という名前を書いていたんです」

死にたい、でも死ねない、死にたい、まだ死ねない
楓を救うまで死ねない　三宅を殺すまで死ねない

脳裏に蘇る朝陽のメモ書きが、神谷の胸を鷲掴みにした。

『朝陽ちゃんに、三宅さんっていう人のことを訊けばいいじゃないですか？』

「朝陽は娘さんを探しに行ったまま、連絡が取れないんです」

言葉にするだけでも、胃がキリキリと痛んだ。

『二人で、なにをやっているのかしら……』

母親が不安げな声で呟いた。

また、あの子に誘われたんじゃないのか？

父親の声が聞こえた。

『またってなによ？』

母親が怪訝そうな声で訊ねた。

忘れたのか？　二、三ヵ月前に楓が出会い系みたいなサイトを覗いてたから問い詰めたら、朝陽ちゃんに教えて貰ったって言ってただろう？

「そんなはずはない！」

父親の言葉に、神谷は思わず大声を張り上げた。

「ご主人に代わってください！」

『お電話代わり……』

神谷は母親に言った。

「でたらめを言ってんじゃねえぞ！　朝陽が、そんないかがわしいサイトに登録するわけねえだろうが！」

神谷は父親の言葉を遮り、怒声を浴びせた。

『な……なんなんですか⁉　いきなり！　楓がそう言ったんですよ！　私はでたらめなんて言ってません！』

父親が憤然として言った。

「だったら、娘がでたらめを言ってるんだろ！」

神谷はふたたび父親に怒声を浴びせた。

『ウチの娘を、嘘吐き呼ばわりする気ですか！』

負けじと父親も怒鳴り返してきた。

「朝陽が出会い系サイトに登録してたなんて言うんだから、嘘吐きだろうが！　娘のことを見抜けてねえから、こんな騒ぎになるんじゃねえか！　娘の言うことをなんでもかんでも鵜呑みにするてめえみたいな馬鹿親が、子供を駄目にしてるんだよ！」

神谷は床を踏み鳴らしながら、父親を罵倒した。

『あなたは、本当に刑事さんですか⁉』

「刑事である前に朝陽の父親だ！　大事な娘が援交してるみてえに侮辱されて、冷静でいられるか！　まあ、いい。いまはあんたと言い争いをしてる場合じゃねえ」

神谷は深呼吸を繰り返し、クールダウンした。

朝陽がトラブルに巻き込まれるのを阻止するために、楓の失踪の謎を解くのが先決だ。

「その出会い系のサイトの名前を教えてください」

神谷は口調を敬語に戻した。

『二重人格じゃないんですか？』

父親が皮肉を言った。

「出会い系のサイトの名前を教えてください」

神谷は冷静な口調で繰り返した。

『ちょっと待ってください。携帯にメモしてますから』

神谷は眼を閉じ、気持ちを落ち着けた。

朝陽が絡んでいるからこそ、冷静でなければならない。

正気を失っていいのは、万が一にも朝陽を傷つける存在がいたときだ。

『たしかこのフォルダにホームページが……あった！「トキメキ倶楽部」というマッチングアプリです』

「トキメキ……『トキメキ倶楽部』に間違いありませんか⁉」

神谷は大声で訊ねた。

『はい。「トキメキ倶楽部」に間違いありません。このお店を知ってるんですか？』

父親が怪訝そうに質問を返してきた。

「たまたま、ここの社長を知っています。明日、またご連絡致します。なにかありましたら、私に電話してください。では……」

『刑事さん、さっきのいざこざは水に流します。私も、楓がいなくなったのは刑事さんの娘さんのせいみたいな言いかたをしてすみませんでした。どうか、楓をみつけてください……』

父親の声が嗚咽に呑み込まれた。

「私のほうこそ、感情的になり暴言を吐いてしまい申し訳ありませんでした。ご安心ください。たとえお父さんが水に流さなくても、必ず娘さんを見つけますから。では、これで失礼します」

神谷は電話を切ると、間を置かずに番号キーをタップした。

『僕もちょうど、電話しようと思っていたところです！』

二回目のコールが途切れ、三田村の弾んだ声が受話口から流れてきた。

「なにかあったのか？」

『ネットで検索してたら、いろいろ面白い情報が釣れました！』

「俺も重大な情報を得たところだ。いまから、俺の家にこられるか？」

朝陽が帰ってくるかもしれないので、家を空けるわけにはいかなかった。

『一時間以内に到着できると思います』

「よろしく」

神谷は電話を切ると、三田村がダウンロードしてくれていた「トキメキ倶楽部」のアプリを起ち上げた。

16

三宅が運転する四駆のポルシェは、大久保《おおくぼ》の裏路地に入った。

朝陽はデニムに長袖のトレーナーという出で立ちだった。

三宅の前では、少しでも露出を抑えたかった。

腰にはポーチを巻いていた。

ウエストポーチは嫌いだが、今日はファッションより優先しなければならないことがある。

薄暗く細い道を二十メートルほど走ったところで、四駆のポルシェのテイルランプが点った。

「停めてください」

朝陽は運転手に告げた。

朝陽は料金を支払いタクシーを降りると近くのコンビニエンスストアに入り、三宅に電話をかけた。

『あれあれ？　若葉ちゃん、タクシーいないけど、いまどこ？』

受話口から流れてくる三宅の声に、朝陽の腕に鳥肌が立った。

「コンビニにいます。ミミを連れてきてください」

『若葉ちゃ～ん、聞いてなかった？　ミミちゃんは高熱出して寝込んでるって言ったじゃん。電話にも出られないんだぜ？　俺のションマンからビニコンまで三十メートルはあるし、無理っしょ？　それとも、うんうん唸ってる病人を叩き起こして引っ張ってこいってか？』

三宅が、おちょくるような口調で言った。

「じゃあ、私はここで待ってますから写真を撮ってきてください」

朝陽はタクシーの車内で考えた言葉を口にした。

『写真⁉』

予想だにしていなかったのだろう、三宅が素頓狂な声を上げた。

「はい。ミミが本当にあなたの家にいるという証拠を見せて……」

朝陽の言葉をビジートーンが遮った。

「もしもし⁉　もしもし⁉」

朝陽が電話を切った直後に、ＬＩＮＥの通知音が鳴った。

三宅からのメッセージには、住所が書かれていた。

ここは俺のマンションだから、気が向いたらきなよ。
不安ならこなくていいよ。
もう、若葉ちゃんの警戒ごっこにつき合うのは疲れたからさ。
んじゃ！

朝陽は呆然と立ち尽くした。

三宅がこういう出方をしてくるとは思わなかった。
どうすればいい？
三宅のマンションに行くなどとんでもない。
楓が確実にいるならまだしも、三宅の嘘の可能性が高い。
でも、もし本当に楓がいるならば……。
いや、だめだ。
三宅に騙されて凌辱された悪夢を忘れたのか？
もし、病気は嘘で監禁されていたら？
もしではなく、三宅ならその可能性が高い。
第一、楓が三宅の家に転がり込むはずがない。
もともと楓は同年代の美少年アイドルが好きで、年上男性は苦手にしていた。
しかも三宅は、一般の中年男性よりすべての面で劣っている。
容姿だけならまだしも、性格が最悪だ。
世界中の男性が三宅一人になったとしても、楓は好きになったりはしない。
朝陽は父に電話をかけようとした。
通話キーの上で躊躇う指先。
なにを迷っている？
父は刑事だ。すべてを打ち明けるべきだ。
だが、打ち明けてしまったら……。
朝陽はスマートフォンをヒップポケットにしまった。

ケモノに汚されてしまったことを、死んでも父に知られたくなかった。
朝陽はコンビニエンスストアを出た。
三宅が送ってきたマンションの住所を、地図アプリに入力した。
建物の近くに行くだけ……部屋に入らなければ大丈夫だ。
朝陽は自らに言い聞かせ、歩を進めた。

☆

白い外壁のマンションの五メートルほど前で、朝陽は立ち止まった。
マンションは住宅街の路地裏に建っており、人気《ひとけ》がなくあたりは静まり返っていた。
ここに、楓は監禁されているのかもしれない。
これ以上近づくのは危険だった。
朝陽は三宅に電話をかけた。
受話口から流れる音声アナウンス……電源が切られていた。
三宅は演技ではなく、本気で朝陽と連絡を絶とうとしているようだった。
もちろん、朝陽も三宅と繋がりなど持ちたくはない。
しかし、楓を見殺しに……。
背後から、口にタオルを当てられた。
身体が宙に浮いた。
助けて！　助けて！　助けて！

朝陽の叫び声は、タオルに吸収された。

懸命に足をバタつかせたが、上半身に回された腕はビクともしなかった。

「静かにしないと殺すよ」

耳元で男の声がした。

三宅……。

背筋が凍てついた。

マンションが近づいてきた。

朝陽は渾身《こんしん》の力で身体を捩《よじ》った。


嫌っ！　離して！　誰かーっ！


ふたたび、朝陽の絶叫がタオルに吸い込まれた。

涙に霞《かす》む視界に、一階の部屋のドアが近づく、近づく、近づく……。

三宅が片手でドアを開けた隙に、朝陽は三宅の脛《すね》を踵《かかと》で蹴った。

頭皮に激痛――背後から髪を引かれた。

「痛いっ、いた……」

ふたたび、タオルを口に当てられた。

そのまま抱きかかえられ、朝陽は室内に放りこまれた。

「やめて！　帰して！　帰し……」

三宅の拳が飛んできた。

みぞおちに激痛――息が詰まった。

身体をくの字に折る朝陽を肩に担ぎ上げ、三宅が部屋の奥に進んだ。

壁際に沿って設置してあるソファベッドに、朝陽は投げ捨てられた。

部屋はフローリング床のワンルームで、ソファベッド以外は冷蔵庫しかなく生活臭が感じられなかった。

朝陽はベッドから転げ落ち、這いずりながら玄関に向かった。

追いかけてきた三宅に背中を踏まれ、朝陽は俯《うつぶ》せに潰された。

「僕は忙しいんだ。手間をかけさせないでくれるかな」

三宅の口調は、いままでとは明らかに違った。

朝陽の首に、硬く冷たいものが当たった。

「おとなしくしてれば殺さない。だけど、騒いだり逃げようとしたら殺すからね」

耳元で囁かれ、朝陽の背筋に冷たいものが走った。

「立って」

朝陽は素直に従い立ち上がった。

まだ、みぞおちに重く不快な鈍痛が残っていた。

「もう一度言うよ。おとなしくしてれば殺さない。だけど、従わなければ殺すから」

三宅が朝陽の喉もとにナイフを突きつけながら、狂気の宿る瞳で見据えてきた。

いままで三宅に抱いていた嫌悪感ではなく、底知れぬ恐怖を覚えた。

眼の前の三宅は、朝陽の知っている滑稽で気色の悪い男とは別人のようだった。

「ベッドに座って。今日はレイプしないから、安心していいよ。もっと楽しいことをやるからさ」

三宅が無表情に言った。

「そんなの、信じられません」

朝陽は勇気を振り絞り言った。

「じゃあ、立ったままでもいいよ。レイプしない代わりに、君からは左を貰うよ」

唐突に、三宅が言った。

「左？　左ってなんですか？」

朝陽は怪訝な顔で訊ねた。

「ミミちゃん、いや、楓ちゃんからは右を貰った」

「え……どうして、楓の名前を⁉」

驚きを隠せず、朝陽は思わず大声を出した。

「これだよ」

三宅がデニムのヒップポケットから引き抜いた学生証を朝陽の眼の前に突きつけた。

「どうして、それを……？　楓から右を貰ったって、なんのことですか？」

朝陽は激しい胸騒ぎに襲われた。

ふたたび三宅がヒップポケットに手を入れ、スマートフォンを取り出した。

「ほら」

三宅が掲げたスマートフォンのディスプレイを見た朝陽は息を呑んだ。

ディスプレイに表示された画像は、フローリング床に仰向けに横たわる全裸の女性だった。

朝陽は眼を凝らし、ディスプレイに顔を近づけた。

「嫌っ！」

朝陽は悲鳴を上げ、腰から崩れ落ちた。

「楓ちゃんに、会いたかったんだろう？」

三宅は薄笑いを浮かべながら、スマートフォンのディスプレイを朝陽の顔前に突きつけた。

楓の右の乳房が切り取られていた。

「楓ちゃんの右のおっぱいは、警察に送ったよ」

三宅が涼しい顔で言った。

「ど……どうしてこんなことを……」

朝陽は掠れた声で訊ねた。

「君の左のおっぱいが届けば、警察もマスコミも一般市民も僕を無視できなくなる。犯人は誰だ？　なんてイカれたサイコ野郎だ！　『粗大ごみ連続殺人事件』の印象は薄れ、テレビも新聞も週刊誌も『女子高生おっぱい切り取り連続殺人事件』の話題で持ちきりになる」

三宅が瞳を輝かせながら言った。

朝陽の足もとの床に溜まった尿から、湯気が立っていた。

「だいたい、ごみみたいな奴だから殺して死体の額に粗大ごみのシールを貼ってごみ置き場に遺棄するなんて、ありきたりだしセンスないんだよ！　老害だって言われて逆恨みしてるけど、当たってるじゃん！　脳みそが萎縮して視力が落ちて歯が抜けて皺々になって膝も腰も反射神経も悪くなって、世間に迷惑ばかりかけているジジイどもが事実を指摘されて逆上して虫ケラみたいに人を殺して……過去の栄光が忘れられなくて、悪足掻《わるあが》きしてる害虫はてめえらだろうが！」

三宅は徐々に興奮し、白眼を剝き口角泡を飛ばしながら悪態を吐いた。

朝陽はそっとウエストポーチのファスナーを開け右手を忍ばせた。

「腐臭漂わせながら欲と執念だけで生きながらえている老害どもが、ポチポチポチポチポチポチポチポチポチって、犬みたいに扱いやがって！　老害どもの老いの一徹で世間にアピールしている『粗大ごみ連続殺人事件』なんて、僕の芸術作品で搔き消して……うあっち！」

ウエストポーチから抜いた右手に握られた熊撃退スプレーを、三宅の顔面に噴霧した。

「痛い！　痛い！　痛い！　痛い痛い痛い！」

双眼を押さえのた打ち回る三宅を置き去りに、朝陽は部屋を飛び出した。

大通りに向かい、朝陽は無我夢中で走った。

脇腹に刺し込むような痛みが走り、肺が破れそうだった。

朝陽はスピードを緩めなかった。

もし捕まったら殺される。

楓のように……。

脳裏に蘇る、右の乳房が切り取られた全裸の死体。

止《と》め処《ど》なく溢れる涙が、颪に流された。

滲《にじ》む視界にぼやける赤いランプ——朝陽は空車のタクシーに手を上げた。

17

インターホンのベルが鳴ると同時に、神谷は玄関にダッシュした——解錠し、勢いよくドアを開けた。

「お疲れ様です！」

三田村が沓脱《くつぬ》ぎ場に飛び込んできた。

「なんだ、お前か」

神谷は落胆した声で言った。

「え⁉　ひどいじゃないですか⁉　慌てて駆けつけてきたのに」

三田村が唇を尖らせた。

「馬鹿野郎！　朝陽が帰らねえんだよ！　さっさと入れ！」

神谷は三田村に怒声を残し、リビングルームに引き返した。

「前から思ってましたが、神谷さんって、ほんっとーにジコチューっすね」

三田村が文句を言いながら、神谷のあとに続いた。

「で、なにがわかった？」

神谷は長ソファに座り、いらついた様子で三田村に訊ねた。

「ポール……いや、佐藤大作の親父と祖父を探っていたら、こんな書き込みを発見しました」

神谷の隣に座った三田村が、スマートフォンのディスプレイを向けた。


【本当の都市伝説】


みなさんは、「昭和殿堂会」という地下組織を知っていますか？

メンバーは、三友商事グループ会長の渡辺茂氏、息子で社長の渡辺満氏、元総理大臣の大善光三郎氏、元柔道五輪金メダリストの俵良助氏、国民的ベストセラー作家の岩田明水氏という錚々《そうそう》たる面々です。

「昭和殿堂会」という名前の通り、渡辺茂氏が九十二歳、満氏が六十八歳、大善光三郎氏が八十三歳、俵良助氏が七十八歳、岩田明水氏が七十八歳と高齢者です。

彼らは月に一回、最終土曜日の昼過ぎから某所で会合を開いてます。

会合といっても、ほとんどの場合はテレビやネットを観ながら、「老害」を糾弾する著名人に五人の老人が激しく毒づいているだけです。

老人達は、メディアで高齢者を「老害」扱いする者達を粗大ごみと呼んでいました。

五人とも地位と名声がありますが、残念ながら過去の栄光です。

金も唸るほどありますが、人生の終着駅が見えてきた彼らには使い道がありません。

彼らが何十億の金と引き換えにしてでもほしいのが若さです。

若さがあれば有り余る金で人生を謳歌《おうか》できるし、現役の勝ち組として光り輝くことができます。

若き日に十数頭の雌をはべらせ、敵の猛獣を蹴散らし、我が物顔でサバンナの支配者として君臨してきた百獣の王のライオンも、老いには勝てません。

牙が抜け、足腰が弱り、視力が落ち、耳が遠くなり……力を失った百獣の王は、若い雄ライオンとの戦いに敗れ群れから追い出されます。

「昭和殿堂会」の五人の老人の境遇は、群れを追われた老ライオンに似ています。

俺様は百獣の王と恐れられてきたんだぞ、たくさんの雌ライオンに囲まれていたんだぞ、俺様が現れるとヒョウもチーターも慌てて逃げ出したんだぞ……老ライオンが得意げに語ることは嘘ではありませんが、すべて過去形でしか語れません。

老ライオンの現実はヒョウやチーターを蹴散らすどころか、シマウマを仕留めることもできません。

飢えを満たすために、老ライオンが選んだ新たなターゲットは人間です。

みなさんは、人食いライオンと聞いたら恐ろしく強く獰猛《どうもう》なイメージを思い描きませんか？

でも、現実は素早く力のある獲物を捕らえることができなくなった非力なライオンが、より非力な人間を狙うしか生きる術がないというのが理由です。

「昭和殿堂会」の五頭の老ライオンも、生き残るために狩りをしています。

今日はここまでです。

続きは、また、気が向いたときに投稿します。

「これは……」

神谷は息を呑んだ。

「佐藤大作の父親と祖父の名前を検索してたら、これがヒットしたんです！」

三田村が興奮気味に言った。

「老害……粗大ごみ……もしかして……」

神谷の脳裏に、四人の顔が浮かんだ。

一人目の被害者の清瀬歩はワイドショーのコメンテーターを務めていたＩＴ社長で、唇が削ぎ落とされていた。

二人目の被害者の沢木徹はフリーのライターで、十指を切断されていた。

三人目の被害者の石井信助は情報番組のＭＣで、唇を削ぎ落とされていた。

四人目の被害者の中城敦也はネットショップのオーナーで、十指を切断されていた。

『粗大ごみ連続殺人事件』の四人の被害者の共通点は……」

「老害糾弾だな？」

神谷は、三田村を遮り言った。

「そうです。『昭和殿堂会』が犯人と決めつけるのは早計ですが、この書き込みが本当なら投稿者は重要参考人になりますね」

三田村が言った。

「書き込んだ奴を追えないのか？」

「サイバー犯罪対策課に追跡を依頼してますが、ネカフェなどからのアクセスの可能性が高いと言ってましたね」

「ネカフェってなんだよ？」

神谷は怪訝な顔で訊ねた。

「もう、ネカフェも知らないんですか？　ネットカフェのことですよ」

三田村が呆れたように言った。

「馬鹿野郎っ。ギャルみてえになんでもかんでも略すんじゃねえ！」

神谷は三田村の七三頭を平手ではたいた。

「また、叩く……暴力刑事」

三田村が乱れた髪を整えながら呟いた。

「ネットカフェだと問題あるのか？」

「スペシャルなアナログ人間の神谷さんにはわからないでしょうね。IPアドレスは、わかりやすく言えば住所や電話番号みたいなものです。投稿人が自分のパソコンやスマホを使っていたら、IPアドレスを追えば簡単に割り出せます。でも、ネカフェ、いや、ネットカフェのパソコンを使用していれば不特定多数の利用者が対象となります。しかも、ネットカフェの利用者は身分証など提出しないので、防犯カメラで確認するくらいしか追跡方法がありません。とにかく、サイバー犯罪対策課からの報告を待ちましょう」

「そんなゆったり構えてられるか！　あの下膨れ野郎を捕まえて、どうして石井さんを知らないと言ったのか吐かせねえとな。奴は、絶対になにかを隠してやがる」

神谷は太腿を拳で殴りつけた。

「その下膨れ野郎……佐藤大作について、新たにわかったことがあります。この前の覆面の内通者に連絡していろいろ話していたのですが、佐藤は『トキメキ倶楽部』で未成年漁りをするときに、複数の偽名を使っています。一般の男性会員なら身分証の提出が義務づけられていますから偽名で登録するのは無理ですが、佐藤は経営者なので好き勝手に偽名を使えます。佐々木の他に

も、東山、田辺、瀬川、富岡、三宅、斎藤……」

「ちょっと待て！　いま、三宅って言ったか⁉」

神谷は、三田村の胸倉を摑み訊ねた。

死にたい、でも死ねない、死にたい、まだ死ねない
楓を救うまで死ねない　三宅を殺すまで死ねない

朝陽がノートに書き殴っていた文字が、神谷の脳裏に蘇った。

「はい、三宅という偽名も使っていたようですが、それがなにか？」

怪訝そうな三田村の声が、神谷の鼓膜からフェードアウトした。

佐藤大作は三宅という偽名でも、「トキメキ倶楽部」で未成年女子を漁っていた。

そして楓は「トキメキ倶楽部」に登録していた。

楓を救うまで死ねない　三宅を殺すまで死ねない

ふたたび、朝陽の書いたノートの文字が脳裏に浮かんだ。

楓を救うまで……三宅を殺すまで……。

この二つの文字が意味するのは……楓は三宅の毒牙にかかってしまったのか？

そうだとして、なぜ朝陽が三宅を殺す必要がある？

仮に佐藤が楓をレイプしても……親友が凌辱されたとしても、殺すとまで思うだろうか？

しかも朝陽は、死にたいと綴っていた。

なぜ、朝陽が死にたいのか？

レイプされたのは楓ではないのか？

それに、楓を救うとはどういうことだ？

レイプされたあとに、監禁されているのか？

不意に、神谷の脳裏にある光景が浮かんだ。

まさか……。

テーブルの上で、神谷のスマートフォンが震えた。

神谷はスマートフォンを鷲摑みにした。

朝陽からのＬＩＮＥの着信だった。

二、三日したら帰るから、それまではなにも訊かないで放っておいて。

「放っておけるわけ、ねえだろうがっ」

神谷は電話をかけようとしたが思い直した。

電源を切られてしまえば困るからだ。


どこにいる？　無事なのか？　楓ちゃんになにかあったのか？　とにかく、余計なことに首を突っ込まないで帰ってこい！

神谷はＬＩＮＥを送信した。

帰ってきても父さんは怒らないから！　約束するから！　父さんに不満があるなら謝る！　だから、戻ってきてくれ！　いや、とりあえず電話をくれ！


間を置かず、神谷は二通目のＬＩＮＥを送信した。

「どうしたんですか？　朝陽ちゃんからですか？」

三田村が訊ねてきた。

「朝陽が事件に巻き込まれているかもしれない」

スマートフォンのディスプレイに視線を向けたまま、神谷は強張った声で言った。

「えっ⁉　朝陽ちゃんが事件に⁉　どういうことですか⁉」

三田村が素頓狂な声を上げげた。

「おいっ、楓ちゃんのうちに行くぞ！」

神谷は言いながら立ち上がり、玄関にダッシュした。

「楓ちゃんって、誰ですか⁉」

三田村が訊ねながら、神谷のあとに続いた。

「鑑識の宝田に電話して、すぐにＤＮＡ鑑定したいものがあると伝えろ！」

神谷は背中越しに一方的に命じ、外に飛び出した。

☆

「まったく、こんな時間に呼び出してどういうつもりだ？」

鑑識係のフロア――デスクに座った宝田が、迷惑そうに言った。

「切り取られたおっぱいと、これを科捜研に回してＤＮＡ鑑定をしてくれ」

神谷は宝田の問いに答えず、髪の毛が入った証拠品袋をデスクに置いた。

「誰の髪の毛だ？」

宝田が怪訝そうな顔を神谷に向けた。

「俺の娘の友達だ」

「娘さんの友達？　事件に関係してるのか？」

神谷は移動の車内で三田村に説明したのと同じ話を宝田にした。

「つまり、『トキメキ倶楽部』の社長が偽名を使って楓ちゃんを食い物にした上に殺害した可能性がある……そういうことなのか？」

確認する宝田に、神谷は厳しい表情で頷いた。

「娘さんは楓ちゃんを救い出そうとしていた。楓ちゃんが毒牙に掛かった責任を感じて、佐藤大作を殺した後、自分も死にたいと思っている。一方で、『トキメキ倶楽部』代表の佐藤が『粗大ごみ連続殺人事件』に関わっているとしたら、どこかのごみ置き場に楓ちゃんの遺体が遺棄されているということになるな。過去四人のときは、切り取った一部を警察に送りつけたりしなかっただろう？」

「俺もそう思います。それから、これを見てください」

三田村が宝田に同調し、「本当の都市伝説」が表示されたスマートフォンをデスクに置いた。

宝田が投稿記事を読んでいる間、神谷は部屋の中を往復した。

焦りと不安で、じっとしていられなかった。

朝陽のことを考えると、脳みそが爆発してしまいそうだった。

「なんだこれ？　有名人ばかりじゃないか。この投稿の内容を鵜呑みにすれば、彼らが犯人ということになるな。動機はさておき、現実問題として老人達には体力的に無理だろう」

宝田が懐疑的に言った。

「だから、ジジイどもが佐藤に殺《や》らせてるんだよ！　そこに名前のある三友商事の社長が佐藤の親父で、会長が祖父《じい》さんだっ」

苛立たしげに、神谷は口を挟んだ。

「え？　でも、苗字が違うじゃないか」

「佐藤大作は渡辺満と愛人の間にできた子供で、母方の姓を名乗っているんです」

三田村が説明した。

「だとしても、渡辺茂の孫であり、満の息子であることに変わりはないだろう？　孫や息子に、連続殺人なんてやらせるか？　しかも老害と言われただけで、殺そうと思うかね」

あくまでも懐疑的な宝田に、神谷のいら立ちに拍車がかかった。

「そこらの陰口とは次元が違うんだよ！　殺された四人はメディアで影響力のある人間ばかりだっ。もしお前の嫁さんや子供が、連日テレビやネットで誹謗《ひぼう》中傷されてみろ。好奇の目にさらされ、嫌がらせをされ……当人にしかわからない地獄があるはずだ。しかも、周りにイエスマンしかいない環境で何十年も暮らしていた裸の王様達だ。少しの非難でも俺らの百倍の怒りを覚えたって不思議じゃねえ」

「まあ、可能性はゼロではないがな。だが、それは極めて低い可能性だ。それに、『昭和殿堂会』とやらのメンバーは権力者や社会的名声のある者ばかりだ。確固たる証拠もないのに、下手に手を出して見込み違いだったらどうする？　すみませんでした、じゃ済まないんだぞ？　とくに大善光三郎は総理大臣経験者で政界のキングメーカーだ。本庁のトップに圧力をかけるなんて朝飯前だろう。お前の首程度じゃ事態は収拾できないんだぞ？　悪いことは言わないから、無謀な行動は慎むんだ」

　宝田が諭すように言った。

「政界のキングメーカーだかなんだか知らねえが、殺人犯にはかわりねえだろう！」

「だから、証拠もないのに推測だけで突っ走るんじゃないと言ってるんだ！」

「証拠を持ってきてやるよ！　佐藤のくそ野郎を締め上げて、洗いざらい吐かせてやる！」

「落ち着けって。気持ちはわかるが、あくまでもお前の憶測だろ？　まだ、そうだと決まったわけじゃ……」

「だったら、ノートの書き残しはなんだ！」

　神谷はデスクに掌を叩きつけ、宝田の慰めの言葉を遮った。

「死にたい、でも死ねない。死にたい、まだ死ねない。楓を救うまで死ねない。三宅を殺すまで死ねない。ノートにそう書いてあると言っただろうが！」

　神谷は宝田に顔を近づけ、やり場のない怒りをぶつけた。

「とにかく落ち着け。お前の言う通りだとすれば、なおさら冷静になる必要がある。まずは科捜研の結果を待とう」

宝田が懸命に神谷を宥《なだ》めた。

「朝陽の命がかかってるんだ！　そんな悠長に構えてられるか！　行くぞ！」

神谷は三田村に言うと、鑑識係の部屋を出た。

「今度は、どこに行くんですか⁉」

三田村の声が追ってきた。

「下膨れの豚野郎のとこに決まってんだろう！」

神谷は吐き捨て、エレベーターに乗った。

18

「誰の家を張ってるんですか？」

午前七時。渋谷区松濤《しょうとう》の住宅街——路肩に停車したクラウンのドライバーズシートに座った三田村が、二十メートル先の斜向《はすむ》かいに建つ豪邸に視線を向けながら訝しげに訊ねてきた。

「渡辺満だ」

神谷は豪邸の門扉《もんぴ》から眼を離さずに言った。

「え⁉　佐藤を探さないんですか⁉」

三田村が驚きの声を上げた。

「佐藤はこの一週間、自宅にも会社にも寄りついていない。いったい、どこを探せと言うんだ？」

神谷達の動きを察したように、佐藤は姿を消した。

「だからって、親父の家に顔を出すとは思えないんですけど……」

遠慮がちに、三田村が意見を口にした。

「佐藤を待ってるわけじゃない。親父が出かけるのを待ってるんだ」

「親父を？　なぜですか？」

「今日は何曜日だ？」

神谷は質問を質問で返した。

「え……土曜日ですけど。それがなにか？」

「第何土曜日だ？」

神谷は質問を重ねた。

「第四土曜……あ！」

三田村が手を叩き、大声を張り上げた。

「『昭和殿堂会』の会合ですね！」

「いま頃わかったのか、馬鹿タレが！　お前がみつけた『本当の都市伝説』に書いてあったんだろうが」

神谷は呆れた口調で吐き捨てた。

「そうでした、すみません。昼過ぎと書いてあったんで、まだ五時間はありますね。張るのが早過ぎませんか？」

「会合に直行するとはかぎらねえだろ？　どこかに立ち寄ってから向かうかもしれねえ」

「たしかに、それは言えますね。でも、佐藤が犯人なら警戒して出てこないんじゃないですか？『本当の都市伝説』のことも投稿したんじゃないかと、メンバーに疑われている可能性も高いですし」

「だから、顔を出すのさ。会合に出なくなったら、投稿者は自分だと告白するようなものだからな。佐藤にとって親父や祖父さんは警察と同じくらい、いや、警察以上に恐れる存在に違いねえ。こっちでもＩＰなんとかの尻尾を摑めなかったくらいだから、ジジイどもが佐藤の投稿だと証明するのは不可能だろうしな」

サイバー犯罪対策課から報告があったのは昨日。

予想通り「本当の都市伝説」は、渋谷区のネットカフェからの投稿だった。

防犯カメラにも近隣に駐車されていた車のドライブレコーダーにも、怪しい人物は映っていなかった。

「神谷さんって感情のまま突っ走る野獣みたいな人かと思ったら、推理も得意なんですね」

「お前、馬鹿にしてんのか？」

神谷は三田村を睨みつけた。

「あ、いえ……そういう意味じゃなくてですね……あ！　それより、朝陽ちゃんは帰ってきましたか⁉」

三田村が慌てて話題を変えた。

「いや。連絡はあるがな」

楓は相変わらず行方不明で、朝陽も帰ってこなかった。

だが、捜索願いを出されたくないのか、大丈夫だから、という短いメッセージとともに無表情な自撮り写真を毎日送ってきた。

三宅と楓のこと……ノートに書いていたことを問い詰めたかったが、神谷は我慢した。

いまは、朝陽と繋がっていることが最優先だ。

へたに刺激して、朝陽から連絡が途絶えることだけは避けたかった。

「そうですか。でも、連絡があるなら一安心……なわけないですよね」

神谷の地雷を踏みそうになったことを察し、三田村が自主規制した。

「あの……一つ訊いてもいいですか?」

改まった口調で、三田村が神谷に言った。

「なんだ?」

「佐藤を捕まえることができたとして、どうするつもりですか?」

「絞り上げて、すべてを自白させるに決まってんだろ! 楓ちゃんのことも、『粗大ごみ連続殺人事件』の被害者のことも、どんな手を使ってでも吐かせてやる!」

神谷はダッシュボードを蹴りつけた。

「もし、佐藤が犯人じゃなかったらどうします? 宝田さんも言ってたでしょう? 佐藤の背後には政界のキングメーカーの大善光三郎がいますし、祖父の渡辺茂は財界のドンで政界や法曹界に顔が利きます。仮に佐藤が犯人でも、権力と金で圧力をかけてくるでしょう。それなのに無実だったら、大変なことになりますよ! 田所課長に話を通したほうがいいですって!」

「田所なんかに話を通してる余裕はない! その間に、朝陽の身になにかが起こったらどうする⁉ それに、お前の言う通り上は圧力に屈して捜査の許可なんか出すわけねえだろうが! 心配すんな。絶対に佐藤の豚野郎はクロだ。俺の刑事の勘に狂いはねえ!」

「だとしても、手順を踏まないとだめですよ! 令状もなくて佐藤を引っ張ったら、ただじゃすみませんっ。僕は神谷さんが心配なんです! 警察手帳を奪われたら、『粗大ごみ連続殺人事件』の犯人を追うことができなくなるんですよ!」

いつもはすぐに引き下がる三田村が、懸命に食い下がった。

「だから、佐藤を叩くんだろうが! 独断の捜査でも、ホシをあげた刑事をクビにするわけにはいかねえから心配するなって」

神谷は三田村の肩を叩いた。

「しかし犯人が佐藤だとしたら、『粗大ごみ連続殺人事件』の犯人ではないということになりませんか？　有料粗大ごみシールは貼ってありましたが、いままでとは明らかに手口が違います。過去の四人の被害者、清瀬歩と石井信助は唇を、沢木徹と中城敦也は十指を切り落とされていました。清瀬さんと石井さんは、ワイドショーと情報番組でそれぞれMCという立場で老害を糾弾しました。沢木さんと中城さんは、カリスマライターとフォロワー数百万人超えのインスタグラマーという立場で老害を糾弾しました。言葉で糾弾した二人が唇を切り取られ、活字で糾弾した二人が十指を切り取られた……僕はそう考えています。神谷さんも、同じ考えですよね？　ところが、今回は女子高生の右胸でした。右胸が老害を糾弾したならば別ですが、ありえません。しかも、現時点で死体はごみ置き場から発見されていません」

三田村の推理は、たしかに一理あった。

「粗大ごみ連続殺人事件」の犯人は、明確なメッセージ性を持って遺体の肉体の一部を切り取り、ごみ置き場に遺棄している。

己の性的興奮を満たすために、残虐な殺害法を取る猟奇殺人犯とは違う。

楓の右乳房を送ってきたやり口と、「粗大ごみ連続殺人事件」の四人の遺体を晒《さら》したやり口は明らかに違う。

三田村の言う通り、佐藤が楓を殺したのなら四人の殺害犯とは違う可能性が高くなる。

「佐藤が猟奇殺人犯でも愉快犯でもないなら……」

神谷は、頭の片隅に浮かんだ疑問を口にした。

「え？　どういうことですか？」

「『トキメキ倶楽部』で未成年女子漁りをしていたことから、佐藤はロリコンだ。一方で、『本当の都市伝説』の投稿人が佐藤だった場合、五人の権力者達にたいして相当の鬱憤が溜まっているようだ。使い走りみたいなことをやらされていたのかもしれないな。仮説として、老害糾弾をした四人の殺害を『昭和殿堂会』のジジイどもが佐藤に指示したとしたら……受けると思うか？」

神谷は三田村に訊ねた。

普通の人間なら、命令されたからといって殺人を犯したりしない。

普通の人間なら、糾弾されたからといって殺人を教唆したりしない。

だが、普通の人間だったらの話だ。

そもそも、人を殺す人間は普通ではない。

普通ではないからこそ、殺人を犯せるのだと神谷は思う。

「絶対服従の関係なら、あり得ると思います。でも、あくまでも想像の範囲です。投稿者が佐藤であってもただの嫌がらせかもしれないし、なによりＩＰアドレスはネットカフェのものなので投稿者を特定できません。楓さんの事件で佐藤を追うならまだしも、証拠もなしに『粗大ごみ連続殺人事件』の容疑者として追うのはやめてください」

三田村が懇願の色が浮かぶ瞳で神谷をみつめた。

「昭和殿堂会」の権力者達の圧力で神谷が懲戒免職に追い込まれないかを、心配してくれているのだ。

「とりあえずは、楓ちゃんの件で佐藤を押さえる。科捜研からのＤＮＡ鑑定の結果もじきに出るだろう。送りつけられてきた右の乳房と楓ちゃんの髪の毛のＤＮＡが一致したら、最重要容疑者だ」

「ですね。『トキメキ倶楽部』で偽名を使って楓さんとやり取りしてるメッセージデータは覆面内通者から送って貰いましたし、ガサ入れかけたら証拠が出てくる可能性が高いです」

神谷は厳しい表情で頷いた。


朝陽、まさかお前は……。

神谷は、心に浮かびかけた最悪の結果から意識を逸らした。

☆

「それにしても、遅いなぁ。もしかして、渡辺満は家に帰ってないんじゃないんですか？」

三田村が買い置きしていたメロンパンを齧《かじ》りながら、スマートフォンのデジタル時計に視線を落とした。

三田村が不安になるのも無理はない。

渡辺満の自宅を張ってから既に四時間が経ち、午前十一時になっていた。

「いや、七十近いジジイが外泊はないだろうよ」

「まあ、たしかにおじいちゃんが朝帰りっていうのは似合わないですね。あの、いまさらなんですが、本当に佐藤は楓さんを殺したんですかね？」

三田村が訊ねてきた。

「忘れたのか！　さっきも見せただろう⁉　朝陽がノートに書き残した文章を！」

神谷は三田村に怒声を浴びせた。

ディスプレイには、朝陽がノートに書き残した文章を撮影した画像が表示されていた。

「さっきも言ったが、朝陽はここのとこ、行方不明になった楓ちゃんのことを探していた。楓ちゃんの両親も言ってたよ。娘が『トキメキ倶楽部』っていう出会い系に登録してるってな。朝陽は楓ちゃんを救うために、『トキメキ倶楽部』に登録して佐藤に接触していた……何度も同じことを言わせるんじゃねえ！　ボケナスが！」

神谷は唇をきつく嚙み、拳を握り締めた。

「すみません……。いま、朝陽ちゃんはどこにいるんですかね？」

三田村が、神谷の顔色を窺いながら訊ねてきた。

「わからねえ。だが、楓ちゃんが佐藤に拉致監禁され凌辱されたことを知った朝陽が、復讐を考えているのは間違いねえ。それに……」

神谷は言葉を切り、唇を嚙んだ。

眼を逸らし続けてきた危惧の念が、神谷の胸奥で急速に膨らんだ。

怒りで、どうにかなりそうだった。

取り乱せば、危惧が現実になりそうで怖かった――怒り狂えば、現実を受け入れたことになりそうで怖かった。

朝陽が死にたいと書いていたのは、親友がひどい目に遭ったのは自分のせいだと思い込んだからだ。

そうに決まっている……。

神谷は自らに言い聞かせた。

「それに、なんですか？」

眼を逸らしても、事実は変わらない。

現実から逃げても、事実は変わらない。


脳内で声がした。

嚙み締めた唇――口内に血の味が広がった。

握り締めた拳――爪が掌に食い込んだ。

「まさか……」

三田村が息を呑んだ。

神谷はダッシュボードを右の拳で殴りつけた。

「あの野郎っ、ぶっ殺してやる！　ぶっ殺してやる！　ぶっ殺してやる！」

抑圧してきた感情が爆発し、二発、三発、四発とダッシュボードを殴り続けた。

皮が捲れ、肉が露出した。

指根骨を襲う激痛……構わなかった。

朝陽の身になにもなければ、たとえ腕一本を失っても構わなかった。

「神谷さんっ、やめてください！　骨が折れちゃいますよ！」

三田村がドライバーズシートから身を乗り出し、神谷にしがみついた。

「朝陽に指一本でも触れていたらっ、絶対にぶっ殺してやる！」

五発、六発、七発……ダッシュボードに罅《ひび》が入り、拳が血塗れになった。

「神谷さんっ、だめですって！　やめてください！　朝陽ちゃんは大丈夫ですよ！　悪いふうに考えないでください！」

「離せっ……」

ＬＩＮＥの通知音に、神谷は正気を取り戻した。

ＬＩＮＥは、朝陽と三田村としかやっていない。

神谷は床に落ちていたスマートフォンを拾い上げ、ＬＩＮＥアプリをタップした。

朝陽のアイコンについた赤い通知のマークに、神谷の心臓が早鐘を打った。

神谷は血に濡《ぬ》れた震える指先で、朝陽のアイコンをタップした。


話があるから、一時に「１０９」の前にきて。


「誰ですか？」

「渡辺が出てきたら頼んだぞ！」

スマートフォンを覗き込んできた三田村を押し退《の》け、神谷はパッセンジャーシートのドアを開けた。

「あっ、ちょっと、神谷さん！　どこに行くんですか⁉」

背中を追ってくる三田村の問いかけに答えず、神谷はタクシーを拾うために大通りに向かった。

19

渋谷ハチ公前——朝陽は虚ろな眼で、スクランブル交差点を行き交う人波をみつめた。

降りしきる雨に、いつもより人出は少なかった。

楽しそうに会話する同年代の女子高生の笑い声が、朝陽の耳に虚しく響き渡った。

つい一ヵ月前まで、朝陽も楓と他愛もない話で笑い合いながらショッピングやスイーツ店巡りをしていた。

朝陽は、一瞬にして地獄に落とされた。

ケダモノに凌辱され、楓を……。

絶望の闇に閉ざされ、涙も涸《か》れてしまった。

あのとき三宅との食事を自分が止めていれば、楓を死なせることもなかった。

いや、マッチングアプリに入会するのを止めるべきだった。

友情関係に罅が入るのを恐れ躊躇ったことが、すべての原因だ。

どれだけ後悔しても、楓は戻ってこない。

どれだけ憎悪しても、朝陽の汚れた身体は元に戻らない。

朝陽にできることは……朝陽のやるべきことは、一つしかない。
スマートフォンのデジタル時計に視線を移した。
ＰＭ12：50
待ち合わせの時間まで、あと十分だった。
朝陽は記憶を巻き戻した。

――明日、私と会って貰えますか？

――若葉ちゃんから連絡があるなんて珍しいね。いったい、どういう風の吹き回しかな？

――楓の件で、訊きたいことがあります。

――彼女がどうなってるかは、この前見せたじゃない？

三宅がクスクスと笑った。

――なにがおかしいんですか？

――ごめんごめん、君の浅知恵が見え見えでおかしくなってさ。大人びて見えても、まだ女子高生だね。


ふたたび、三宅がクスクスと笑った。

――だから、なにがおかしい……。

――警察を呼んでも無駄だよ。

三宅が朝陽の言葉を遮った。

――僕のパパは財界の大物で、検察庁、警察庁のトップと繋がっているし、パパの友人には総理大臣経験者のキングメーカーもいる。証拠もないのに君の証言だけで僕を逮捕することはできないし、万が一警察署に連行されても一時間後には釈放さ。だから、警察でもなんでも呼べばいい。その代り、わかってるだろうけど、釈放されたら真っ先に君のセックス動画を拡散するから。

三宅の不快な笑い声に、朝陽は理性を失いそうになったが堪えた。

――警察に通報なんてしません。本当のことを言います。楓のことは口実で、動画のデータを返して貰いたいんです。

朝陽は心にもないことを言った。

もう、動画などどうでもよかった。

――死んだ親友のことより、自分の恥部を隠すことのほうが大事ってことか。まあ、しょせん、人間なんてそんなものさ。他人がどうなろうと、自分さえ無事ならばそれでいいという生き物だ。

君が僕に会いたい理由は納得できたけど、はいそうですか、って渡すわけにはいかない。君にとってそれだけ重要な物を手に入れたいなら、それなりの対価を払って貰わないとね。対価の意味、わかるよね？

――はい。でも、その前に人気《ひとけ》のある安全な場所で動画データを確認させてください。一時に渋谷のハチ公前でお願いします。

朝陽は嫌悪と憎悪を押し殺し、待ち合わせ場所を指定した。

――ベタな場所だね。わかった。でも、確認だけだよ。渡すのは、道玄坂のホテルに移動して対価を貰ったあとだ。


「あの、すみません。『109』はどこでしょうか？」

女性の声に、朝陽は現実に引き戻された。

朝陽は、無言で横断歩道越しの建物を指差した。

「ありがとうございます……」

朝陽の様子に訝しげな表情で礼を言うと、女性は横断歩道を渡った。

朝陽は虚ろな視線を周囲に巡らせた。

三宅の姿はない。

朝陽は、傘を持つ左手とトートバッグを持つ右手に力を込めた。

約束の一時を十分過ぎても、三宅は現れなかった。

警察を警戒して、こない可能性もあった。
ＬＩＮＥの通知音が鳴った。
父からだった。
父とは一時に「１０９」の前で待ち合わせをしていた。

いま着いたぞ。どこだ？

ごめん、少し遅れる。

朝陽はメッセージを送信した。
会えない……いまは、まだ……。
激しさを増す雨脚が、生き物のように路面で跳ねた。
朝陽は首を巡らせた。
相変わらず、三宅の姿はなかった。
不安が胸に広がった。
朝陽のトートバッグを握り締める手に力が入った。
もし三宅が現れなかったら……。
朝陽は視線を止めた。
「ＴＳＵＴＡＹＡ」方面から、三宅がスクランブル交差点を渡ってきた。

朝陽は三宅に向かって足を踏み出した。

約五メートル先――朝陽を認めた三宅が手を上げた。

四メートル、三メートル……朝陽は不思議なほど、冷静だった。

二メートル……傘を手放し、トートバッグを左手に持ち替えた。

一メートル……右手をトートバッグに差し入れた。

「傘もささないでどうしたの……」

トートバックから引き抜いた右腕を、三宅の股間に突き出した。

「痛っ……」

三宅が顔を歪め前屈《まえかが》みになった。

間を置かず朝陽は、引き抜いたナイフで股間を刺した。

「たた……助けて！」

裏返った声で叫び、三宅が尻餅をついた。

股間を押さえる三宅の両手と朝陽の右手は、血に染まっていた。

そこここで悲鳴が上がった。

朝陽は三宅を押し倒し、何度も股間にナイフを振り下ろした。

自分と楓を凌辱した醜悪な肉塊を、一心不乱に刺した。

「ひゃうあ……わ……悪かった……悪かったから……」

身悶える三宅が、泣き叫びながら詫びた。

三宅の股間から、夥《おびただ》しい量の血飛沫《ちしぶき》が上がった。

「男の人が刺されてるぞ！」

「女の子がナイフで人を刺してる！」

「血が一杯出てるわ！」

「救急車！」

「いや、警察だ！」

動転した通行人の絶叫が、朝陽の耳を素通りした。

「地獄に……」

朝陽は虚ろな瞳で蒼白になった三宅の顔を見下ろした。

赤く濡れるナイフを振り上げ、今度は左胸に振り下ろした。

二度、三度、四度、五度……なにかに憑依《ひょうい》されたように、朝陽は腕を振り下ろし続けた。

返り血を浴びた朝陽は赤鬼の形相で、三宅の心臓を滅多刺しにした。

朝陽は右腕の動きを止めるとフラフラと立ち上がり、既に事切れている三宅をみつめた。


楓……遅くなってごめんね。

路面を濡らす雨に流れる鮮血が、朝陽には楓が咲かせた赤い花びらのように思えた。

☆

女子中高生が集う「１０９」の前で、神谷はそわそわしていた。

「あいつ、どうしてこんなところを待ち合わせ場所に選んだんだ。こりゃ一種の虐待だぞ」

神谷はぶつぶつと文句を言いながら、腕時計に視線を落とした。

腕時計の針は十二時四十五分を指していた。

朝陽との待ち合わせまで十五分。神谷には気の遠くなるような時間だった。

「ちっと早くき過ぎたな」

神谷は周囲に首を巡らせつつ呟いた。

掌の中でスマートフォンが震えた。

「朝陽か！」

神谷はディスプレイに表示された名前を見てため息を吐いた。

「なんだ、お前か！　朝陽から連絡あるかもしれねえのに、かけてくるんじゃねえ！」

神谷は電話に出るなり、送話口に怒声を浴びせた。

『もう、ひどいなぁ。渡辺満の報告の連絡なのに……』

電話越しの三田村の膨《ふく》れっ面が、眼に浮かぶようだった。

朝陽が気がかりで、三田村に渡辺を張らせていたことをすっかり忘れていた。

「渡辺満は出てきたか？」

『はい。神谷さんがいなくなってから十分くらいして、自宅から車で出てきました。行き先は、赤坂のタワマンでした。警備員の方に事情を話し、エントランスに入れて貰いました。渡辺満は、四十階の４００１号に入りました。三時間以上経ちますが、佐藤大作は部屋に入っていません。もしかしたら、渡辺満より先に入ったかもしれませんね。だとしても、会が終わればメンバーは部屋から出てきますから引き続き張ってみます』

「わかった。なにかあったら連絡してくれ」

『なんでかけてきやがったって、怒鳴るくせに』

三田村がイジけたように言った。

「根に持ってねえで、しっかり見張れよ！」

神谷は一方的に言うと電話を切った。

佐藤を追うのも大事だが、いまは朝陽を家に連れ戻すのが最優先だ。

朝陽はなぜ、自分を呼び出したのだろうか？

身に降りかかった悪夢を打ち明けようと……。

神谷は思考を停止した。

失いそうになる理性――神谷は懸命に平常心を掻き集めた。

冷静になれ、冷静に……。

たとえ朝陽からどんな悪夢を告白されても、取り乱してはならない。

朝陽が自分を頼り、打ち明けてくれたのだから……。

父として、受け止めてあげなければならない。

父として、守ってあげなければならない。

悲鳴が聞こえた。

スクランブル交差点で、通行人が逃げ惑っていた。

神谷は傘を捨ててダッシュし、パニック状態になる人波に突っ込んだ。

「男の人が刺されてるぞ！」

「女の子がナイフで人を刺してる！」

「血が一杯出てるわ！」

「救急車！」

「いや、警察だ！」

方々から聞こえてくる悲鳴と叫喚が、神谷を急き立てた。

「おい、どいてくれ！　俺は刑事だ！」

神谷は人波を掻きわけながら、スクランブル交差点の中央に走った。

「どけっ、お前ら！　邪魔なんだよ！」

神谷は怒声を上げながら、人込みを掻き分け続けた。

開けた視界——血の海に浮く男性。

男性は、既に事切れていた。

神谷は眼を見開いた。

男性の死体は、佐藤だった。

嫌な予感に導かれるように、神谷は顔を上げた。

「えっ……」

神谷の視線が凍てついた。

降りしきる雨の中、ずぶ濡れで立ち尽くす少女。

少女の顔も衣服も返り血で真っ赤に染まっており、右手にはナイフを持っていた。

「朝陽……お前……どうして……」

声が震えた、足が震えた……心が震えた。

夢だ、これは夢に違いない。

朝陽が佐藤を……。

こんな悪夢が、現実であるはずがない。

そう、悪夢だ。

神谷は眼を閉じた。

覚めてくれ……早く、この悪夢を終わらせてくれ……。

眼を開けたら、自宅であってくれ……。

神谷は祈った。

生まれて初めて、神に縋《すが》った。

眼を開けた。

ナイフを手に虚ろな眼で立ち尽くし、神谷をみつめる朝陽。

祈りは通じなかった。

眼の前の朝陽は夢でも幻でもなく、現実だった。

「ど……どういうことだ……どうして、こんなことを……」

神谷は、切れ切れの声で訊ねた。

一切の感情を喪失したようなガラス玉の瞳――相変わらず朝陽は、無言で立ち尽くしていた。

「なにかの間違いだろ？　こいつに襲いかかられたから……身を守るために刺したんだろ？　こいつからナイフを奪い……な？　そうだよな？」

神谷は強張った声で語りかけながら、ゆっくりと朝陽に歩み寄った。

朝陽に訊ねると同時に、己に言い聞かせた。

周囲の喧騒が鼓膜から……野次馬が視界から遠ざかった。

「なあ、そうだろ⁉　朝陽……なんとか言ってくれ！」

神谷の悲痛な叫びに、朝陽の手から滑り落ちたナイフの金属音が重なった。

朝陽は無言で、両手を差し出した。

「朝陽……そりゃ……なんの真似だ⁉」

神谷は、上ずる声音で訊ねた。

朝陽の虚ろな瞳に、みるみる涙が浮かんだ。

「お前……まさか……本当に……」

神谷の視界が青褪めた——心臓が早鐘を打ち、両膝がガクガクと震えた。

朝陽が両手を突き出したまま頷いた。

「そんな……」

神谷は絶句した。

「嘘だろ……嘘だと……言ってくれ……嘘だと……言ってくれ……」

神谷は放心状態で、うわ言のように繰り返した。

「親不孝して……ごめんなさい……」

朝陽の頰に、一筋の涙が伝った。

神谷は天を仰いだ。

神谷の顔に容赦なく雨が打ちつけた。

「どいてください！」

「危ないから離れて！」

「両手を上げなさい！」

男達の大声と複数の足音に、神谷は顔を正面に戻した。

三人の制服警官が、朝陽に向かって拳銃を構えていた。

「拳銃を下ろせ！」

神谷は朝陽の盾になるように立ち、三人の制服警官を怒鳴りつけた。

「危ないから下がってください！」

制服警官の一人が、神谷に叫んだ。

「俺はこの子の父親だ！」

神谷は警察に向かって叫び返した。

「ここは警察に任せて、下がってください！」

「馬鹿野郎！　俺も警察官……警視庁捜査一課の刑事だ！」

神谷は涙声で叫びながら、取り出した警察手帳を震える手で突き出した。

「とりあえず下がってください！　ホシの身柄は我々が……」

「ホシなんて言うんじゃねえ！　てめえらに、指一本触れさせねえ！」

鬼の形相で制服警官を怒鳴りつけた神谷は朝陽に向き直り、手錠を手にした。

朝陽に手錠をかけるつもりはなかった……かけられるはずがなかった。

だが、他人の手で朝陽を汚されるのは、なにより耐え難かった。

朝陽は神谷をみつめていたが、どこか別のものを見ているようだった。

「すまない……」

神谷は眼を閉じ、震える手で朝陽の細腕に手錠をかけた。

20

赤坂のタワーマンションの前に、覆面パトカーのクラウンが停車した。

「ここの4001号が、ジジイどものアジトか」

フロントウインドウ越し――パッセンジャーシートに座った神谷は、血走った眼でタワーマンションを見上げた。

朝陽が拘置所に拘留されてから五日間、神谷は佐藤大作と「昭和殿堂会」の捜査を血眼《ちまなこ》になって行った。

検死解剖の結果、佐藤の性器周辺に三十数ヵ所、心臓部周辺に二十数ヵ所の刺傷があった。

いまだに、朝陽が佐藤を殺害したことが信じられなかった……この手で、娘に手錠をかけたことが信じられなかった。

科捜研からの報告で、捜査一課に届けられた右の乳房と楓の髪の毛のＤＮＡが一致したことが判明した。

佐藤が携行していたスマートフォンから右乳房を切り取られた楓の遺体、「粗大ごみ連続殺人事件」の四人の被害者の遺体、そして、朝陽の……。

脳裏に蘇る動画の映像に、神谷は理性を失った。

神谷はいつもようにダッシュボードを殴りつけた。

二発、三発、四発……神谷の拳の皮膚が捲れ、肉が露出した。

「神谷さん！　やめてください！」

ドライバーズシートから身を乗り出した三田村が、神谷の右手にしがみついた。

「あの野郎っ、朝陽を……ぶっ殺してやる！　離せ！」

「もう、佐藤は死んでます！」

三田村の言葉に、神谷は動きを止めた。

憤激に支配された神谷の心に、不安が広がった。

「あんなケダモノのために、朝陽は牢獄に囚われの身になってしまった……。殺されて当然の下種《げす》のために、朝陽の人生は……」

神谷は血塗れの拳を握り締め、奥歯を嚙み締めた。

「朝陽ちゃんが佐藤にやられたことを考えると、情状酌量の余地は十分にあります！　しかも奴は楓さんを殺害し、『粗大ごみ連続殺人事件』の有力な容疑者ですっ。朝陽ちゃんは、すぐに帰ってきますよ」

三田村が励ましてきた。

「刑務所暮らしにならなくても……朝陽の心は生涯、牢獄に繋がれたようなものだ」

神谷は、絞り出すような声で言った。

パトカーで連行されるときも、拘置所で面会したときも、朝陽は一言も口を利かなかった。

具合が悪いところはないか？　ちゃんと食べてるか？　などの当たり障りのない問いかけには

頷いたり首を横に振ったりの意思表示はするが、神谷が話しかけなければ無表情に、虚ろな眼で一点をみつめているだけだった。

朝陽は神谷の知っている明朗快活な少女とは別人の、生ける屍《しかばね》のようになってしまった。

「あの……こんなときに言いづらいんですが、どうしてここにきたんですか？」

三田村が、遠慮がちに訊ねてきた。

「まさか、乗り込むつもりじゃないですよね？」

重ねて質問してくる三田村に、神谷は無言を貫いた。

「だめですよ。この事件は娘さんが絡んでいるので神谷さんは外されて、里石《さといし》警部が捜査することになったわけ……」

「里石はだめだ」

神谷は三田村を遮った。

里石は田所の息がかかっており、刑事達からは操り人形と陰口を叩かれている。

「昭和殿堂会」には、検事総長や警察庁長官と昵懇《じっこん》の仲の大善光三郎や渡辺茂がいる。

検察庁や警察庁に圧力をかけ、形式的な捜査で終わらせることなど容易なはずだ。

佐藤のスマートフォンから『粗大ごみ連続殺人事件』の実行犯であるという証拠になり得る写真も出てきた以上、トカゲの尻尾切りで終わらせようとするはずだ。

死人に口なし――すべてを佐藤の責任にして、事件を幕引きにするつもりだろう。

「昭和殿堂会」のメンバーが佐藤に殺人教唆した証拠の音声でもないかぎり、いや、あったとしても握り潰される可能性が高い。

朝陽を凌辱し人生を台無しにした佐藤を裏で操っていたのが「昭和殿堂会」ならば、見過ごすことはできない。

「言いたいことはわかりますが、神谷さんは捜査から外されているわけですから。引き返しましょう」

三田村が神谷を気遣いながら言った。

「お前だけ帰れ」

神谷は言い残し、パッセンジャーシートのドアを開けた。

「待ってください！　どういう意味ですか⁉」

三田村が神谷の腕を掴んだ。

「俺のことを少しでも思ってくれてるのなら、黙って言うことを聞いてくれ」

神谷は切実な瞳で三田村を見つめた。

「神谷さん……」

三田村が、神谷の腕を離した。

神谷は車を降り、タワーマンションのエントランスに向かった。

「戻ってくるまで待ってますから！」

三田村の声から逃れるように、神谷はエントランスに駆け込んだ。

☆

神谷は警察手帳をカメラの前に掲げながら、４００１号のインターホンを押した。

一分以上経っても、反応はなかった。

第四土曜日ではないが、渡辺満を張っていたら赤坂のタワーマンションに入ったので会合が開かれているのはたしかだ。

使い走りの佐藤大作が殺害され、緊急会議でも開いているのだろう。

神谷がふたたびインターホンを押そうとしたときに、解錠音に続いてドアが開いた。

「警察の方が、どういったご用でしょうか？」

長身で屈強な身体を黒いスーツに包んだ若い男が、無表情に訊ねてきた。

いわゆるカリフラワーと呼ばれる潰れた耳を見なくても、男が格闘技経験者ということは肌で感じた。

恐らく、ボディガードなのだろう。

「『昭和殿堂会』の会合が開かれているだろう？　メンバーに用があるから上がらせて貰うぞ」

靴脱ぎ場に入りかけた神谷を、男の太い腕が遮った。

「令状を見せてください」

男が平板な口調で言った。

「老害に会うのに、そんなもんいるか！　どけ！」

無理やり入ろうとする神谷を、男が力ずくで押し返した。

「邪魔するな！　ぶっ殺すぞ！　こら！」

神谷は男の胸倉を摑み、狂気の宿る眼で睨みつけた。

脅しではなく、本気だった。

神谷はもう、どうなっても構わなかった。

朝陽の人生を奪った老害達を地獄に叩き落とすためなら、この手を汚すことも厭《いと》わなかった。

「入れてやれ！」

奥からドスの効いた声が聞こえた。

テレビで聞き覚えのある声……大善光三郎の声に違いなかった。

「どうぞ、こちらへ」

男が渋々と神谷を促した。

神谷は土足のまま上がり、男を肩で突き飛ばすと声のするほうへと駆けた。

「待て！」

男が血相を変えて追ってきた。

神谷がドアを開けると同時に、男が羽交い締めにしてきた。

三十畳のリビング――U字型の革ソファに座った五人の老人が、一斉に振り返った。

大理石のテーブルには、ワイン、ブランデー、ウイスキーのグラスとキャビアや生ハムメロンの皿が並べられていた。

「なんだ土足で、けしからん刑事じゃな」

渡辺茂が、言葉とは裏腹に上機嫌な顔でワイングラスを傾けた。

「まったくですね」

渡辺満が追従した。

「殺すとかなんとか聞こえたが、刑事というよりもヤクザみたいな男だな」

大善光三郎がブランデーグラスを掌で回しながら、小馬鹿にしたように吐き捨てた。

「私達が寛大じゃなければ、君は不法侵入で逮捕されるところだよ」

岩田明水がブリにキャビアを載せながら、皮肉を浴びせてきた。

「賛否はあるが、わしは昭和的な型破りな刑事は嫌いじゃないぞ！　昭和のマル暴みたいであっぱれ！　お見事いっぽーん！」

俵良助が、立てた人差し指を神谷に突きつけてきた。

五人の余裕の言動に、神谷の激憤に拍車がかかった。

「てめえらっ、佐藤大作に何人も殺させておいて、その態度はなんだ！」

神谷は五人を睨みつけた。

「佐藤大作？　誰じゃ？」

渡辺茂が白々しく惚けた。

「誰のことですか？」

満も白々しく惚けた。

「そんな男、知らんな」

大善も白々しく惚けた。

「吉田栄作なら知ってるが」

岩田も白々しく惚けた。

「なんだかようわからんが、佐藤大作にいっぽーん！」

俵だけが悪乗りした。

神谷が拳銃を抜くと、どよめきが起こった。

「な、なにをする気じゃ……」

「じ、自分でなにをやっているのか、わかっているんですか⁉」

「き、貴様、血迷ったか⁉」

「ば、馬鹿なことはやめなさい！」

「こ、これは一本はやれんぞ……」

渡辺父子が、大善が、岩田が、俵が顔面蒼白になり動転した。

「政治的圧力で逃れても、そのときは俺がてめえらを裁く！　震えて待ってろ！」

神谷が天井に向けて発砲すると、五人が悲鳴を上げながら頭を抱えた。

本当は、この場で皆殺しにしたかった。

耐えた……朝陽のために。

闇に囚われた朝陽を支えるために、神谷は殺人犯にはなれなかった。

神谷は大理石のテーブルを引っ繰り返し、リビングルームをあとにした。

☆

「まったく、なんという野蛮な男じゃ！　シロ！　さっさと片づけんかい！」

渡辺茂が命じると、ボディガード……シロが飛んできて神谷に引っ繰り返された大理石のテーブルを起こした。

「本当にヤクザみたいな男だな！　シロ！　テーブルより先に零れたツマミを早く拭かんか！高価な大理石に染みができるだろうが！」

大善光三郎が命じると、シロが俊敏な動きでキッチンに駆けキッチンペーパーを手に戻ってきた。

「警視庁の刑事部長に、一本連絡を入れておいたほうがよさそうですね。おいおい、シロ君。生ハムより先にキャビアやメロンの汁気の多い物を片づけないと」

岩田明水が命じると、ボディガードがキッチンペーパーでキャビアを包み始めた。

「いやいや、刑事部長なんぞ手緩《てぬる》い！　大善先生！　警視総監に電話を入れて、あの昭和マル暴を片田舎《かたいなか》の派出所にでも飛ばしたほうがいいですな。こらっ、シロ！　そんなに強く押さえたらチャビアが潰れるだろうが！　そんな働きじゃ一本やれんぞ！」

俵良助が怒鳴りつけると、シロが何度も頭を下げた。

「そうですね。俵選手と同意見です。あの刑事は娘が事件に絡んでいるので、正気を失っていて厄介です。早めに圧力をかけたほうがいいですね。それと、彼をそうイジメないであげてください。ポチに比べると、遥《はる》かに優秀ですから」

渡辺満が俵に同調しつつ、シロを庇った。

「そのポチが問題じゃ！　あやつのロリコン癖は知っておったが、よりによって刑事の娘に手をつけるとは！　やっぱり、愛人の子じゃな！」

茂が吐き捨てると、満が肩身狭そうに身体を小さくした。

「まったくだ！　あの雑種犬のせいで、野蛮刑事がわしらの周りをチョロチョロするようになった。粗大ごみどもの死体の写真を残しておくなんて、どういうつもりだ！」

大善の怒声に、満がよりいっそう身体を小さくした。

「私らに捜査の手が伸びることはありませんよね？」

岩田が不安を口にした。

「心配する必要はなし！　検察庁と警察庁のトップは大善先生が送り込んだ天下りだし、渡辺会長ともずぶずぶだ。両巨頭！　大船に乗った気持ちでいいですな？」

俵が茂と大善に念を押すように訊ねた。

「もちろんじゃ。奴らはわしの福沢諭吉で、別荘や車を買いまくっておるからのう！」

茂が高笑いした。

「大先輩で大恩人の俺を捜査の的にかけるなんてことは、万が一、いや、億が一、もとい、兆が一にもないから安心してよい」

大善が高笑いした。

「一本っ一本っいっぽーん！」

俵が破顔一笑し、決め台詞を連発した。

「みなさん！　これを見てください！」

満が大声を上げ、リモコンでテレビを指した。

四人の視線が、テレビに映るコメンテーターの青年に集まった。

『老害という言葉は僕も好きではありません。ですが、老いによる思考力と体力の低下というものは生き物として避けられない現実です。偉そうに能書きを垂れている僕も、あと四十年もすれば初老と呼ばれる年になります。運動能力が低下すれば、人身事故を起こす可能性も高くなります。誤解を恐れずに言えば、被害者はもちろんのこと家族にも償い切れない罪の片棒を担がせてしまいます。僕も年を取れば、例外ではありません。この場を借りて僕が訴えたいのは、高齢者にたいしての非難ではなくライフスタイルのチェンジです。たとえば、世界記録を出した短距離選手でも還暦を迎えると九秒台では走れず、大会に出るとすれば同年代の選手と競うシニア部門になるわけです。年齢を重ねても二十代、三十代の頃と同じ感覚で車を運転したり、お酒を飲んだり、運動をしていると無理が生じるのはあたりまえです。その年齢にあった生活……』

「けしからん！」

渡辺茂、大善、俵、岩田がほとんど同時に叫んだ。

「シロ！」

そして、ほとんど同時にシロを見た。

シロが頷き、取り出したスマートフォンの検索エンジンにコメンテーターの名前を入力していた。

「以心伝心お見事一本！　シロ！　任務の前に、シャンペンを五人分注いで持ってこい！」

俵に命じられたシロがキッチンに走り、ほどなくしてトレイに載せたグラスのシャンパンを運んできた。

五人が次々とグラスを手に取った。

「みなさん、お手元の用意はいいかな？『昭和殿堂会』のさらなる繁栄と安泰を祝して、かんぱーい！」

大善が乾杯の音頭を取ると、みながグラスを触れ合わせた。

「『昭和殿堂会』の栄光に、いっぽーん！」

俵の野太い声に、爆笑が沸き起こった。

エピローグ

あれから二十日が経った。

検察に逆送された朝陽は、訴訟を控えていた。

面会窓越しの朝陽は、頬がこけげっそりとやつれ果てていた。

「ずいぶんと痩せたが、飯はちゃんと食ってるのか？」

神谷が問いかけると、朝陽が小さく頷いた。

事件の日以降、朝陽は一言も口を利かなかった。

「腕利きの弁護士をつけたから、安心しろ。お前は被害者だ。それに、奴は五人を殺害している連続殺人犯だ。どう考えても、お前が罪に問われることはない」

神谷は朝陽を励ました。

励ます以外、娘にしてあげられることのない無力な自分を神谷は呪った。

神谷が懸念した通り、「粗大ごみ連続殺人事件」は佐藤大作の単独犯として処理されようとしていた。

一刑事がなにを喚いたところで、どうなるものでもなかった。

神谷は、朝陽が出所するまで死んだふりを決め込むことにした。

朝陽が出所した暁《あかつき》には、ケジメをつけるつもりだった。

司法で裁けないのなら、神谷が裁くしかなかった。

「また、明日、弁護士とくるから。朝陽、気を落とさずに……」

「私のことを考えてくれるなら、なにもしないで。汚れるのは、私だけでいいから」

朝陽は一方的に言い残し立ち上がると、背を向けドアへと歩いた。

「忘れたのか！　父さんが自己中で頑固な性格だってことを！」

神谷の涙声に、朝陽が立ち止まった。

「父さんから逃げようったって、そうはいかねえ！　お前が地獄に行くっつうんなら、喜んで父さんもついて行くからよ！」

神谷は泣き笑いの表情で、朝陽の背中に声をかけた。

五秒、十秒、十五秒……。

朝陽の肩が、微《かす》かに震えたような気がした。

無言で立ち止まっていた朝陽が、足を踏み出しドアの向こう側へと消えた。

初出＝Webサイト「BOC」2022年２月〜 12月
「＃刑事の娘はなにしてる？」を改題

装幀　盛川和洋

写真　Adobe Stock

新堂冬樹

大阪生まれ。金融会社勤務、コンサルタント業を経て、一九九八年「血塗られた神話」で第七回メフィスト賞を受賞し作家デビュー。以後エンターテインメント小説を縦横に執筆する。著書に『血』『少年は死になさい…美しく』『ホームズ四世』『１６８時間の奇跡』『無間地獄』『忘れ雪』『紙のピアノ』『絶対聖域』『動物警察24時』『虹の橋からきた犬』など多数。映像化された作品も多い。

＃刑事《けいじ》の娘《むすめ》は何《なに》してる？

2023年４月10日　初版発行

著　者　新堂《しんどう》冬樹《ふゆき》

発行者　安部順一

発行所　中央公論新社

〒100-8152　東京都千代田区大手町1-7-1
電話　販売 03-5299-1730　編集 03-5299-1740
URL https://www.chuko.co.jp/

ＤＴＰ　嵐下英治
印　刷　大日本印刷
製　本　小泉製本

Published by CHUOKORON-SHINSHA, INC.
Printed in Japan　ISBN978-4-12-005647-5 C0093